Aubaret Luc-van-tien

Poème populaire annamite

LUC-VAN-TIÊN,

POËME POPULAIRE ANNAMITE.

EXTRAIT N° 1 DE L'ANNÉE 1864

DU JOURNAL ASIATIQUE.

LUC-VAN-TIÊN,

POËME POPULAIRE ANNAMITE,

TRADUIT

PAR G. AUBARET,

CONSUL DE FRANCE À BANGKOK.

PARIS.

IMPRIMERIE IMPÉRIALE.

M DCCC LXIV.

LUC-VAN-TIÊN,

POËME POPULAIRE ANNAMITE.

NOTE PRÉLIMINAIRE DU TRADUCTEUR.

Il est très-difficile de préciser exactement à quelle époque remonte le petit poëme populaire qui a nom *Luc-van-tiên.* Ce poëme, ou mieux cette légende, ayant été composé en langue vulgaire, n'a jamais été imprimé, et c'est au moyen des caractères chinois conventionnels employés par le peuple annamite qu'il s'est perpétué jusqu'à nos jours à l'état de fragments manuscrits. Il a fallu consulter un grand nombre d'indigènes pour arriver à réunir cinq ou six de ces manuscrits, à l'aide desquels il a été possible de donner une sorte d'unité et de corps au récit. Les personnes qui nous ont assisté dans ce travail appartiennent toutes, en général, aux plus basses classes de la société. Il est remarquable que les mandarins, plus ils sont élevés et instruits, ignorent, ou du moins affectent d'ignorer le livre dont il s'agit. C'est là cependant un des très-rares spécimens de la littérature annamite proprement dite, et ce poëme du *Luc-van-tiên* est tellement répandu parmi le peuple, qu'il n'y a peut-être pas, en basse Cochinchine, un pêcheur ou un batelier qui n'en fredonne quelques vers en maniant sa rame. Peut-être aussi est-ce là une des causes qui le font ignorer des gens instruits, à peu près comme en France on ignore les poésies en patois. On ne peut cependant pas dire que le *Luc-van-tiên* soit du patois, car nulle part on ne pourrait trouver de meilleurs exemples de la langue parlée, et son étude est certainement l'une des meilleures que pourront faire les personnes qui voudront connaître à fond la langue annamite. Le mépris avec lequel les lettrés du royaume d'Annam semblent traiter les œuvres de leur propre langue prouve surabondamment combien leur éducation est purement chinoise, et combien pour eux la Chine est le centre de toute véritable civilisation.

Les Annamites, malgré l'amour très-vif qu'ils portent à leur pays, estiment qu'il est privé de toute littérature propre, et jamais ils n'ont fait de sérieux essais pour fixer la langue qu'ils parlent. Toutes leurs études se font dans les livres de la Chine; les examens que subissent leurs lettrés sont calqués sur ceux du Céleste Empire, il ne peut donc y avoir que des hommes du peuple qui composent, pour leurs compatriotes, des chants dans la langue du pays. Cette considération rend à nos yeux le *Luc-van-tiên* beaucoup plus intéressant, car cela lui donne un caractère propre et original qui le distingue de la littérature chinoise. On remarquera, en effet, que si les idées de la Chine sont dominantes, comme il est naturel qu'elles le soient chez un peuple qui sort de son sein, il y a cependant dans notre petit poëme certains sentiments, certaines aspirations qui ne se rencontrent guère dans l'esprit chinois. Telles sont, par exemple, ces fréquentes invocations à la belle nature, telle aussi cette tendance à la contemplation que nous avons souvent remarquée chez les Annamites, et qui entre pour beaucoup, nous le croyons, dans la facilité avec laquelle ce peuple embrasse la religion chrétienne. Il nous semble que, considéré de la sorte, le *Luc-van-tiên* a quelque chose de la poésie indienne. Nous serions même tenté de dire, pour bien formuler notre pensée, que cette légende est chinoise par les hommes, et indienne par les femmes; ce qui revient à dire que tout ce qui touche à l'éducation n'a aucun caractère original, tandis qu'il faut chercher ce qui est spécialement propre au pays dans les sentiments et les pensées des petits et des faibles, de ceux qui, privés d'éducation, sont restés simplement Annamites. Cela est si vrai, que le rôle de femme savante, que l'auteur a voulu donner au commencement à son héroïne *Nguyet-nga*, ne peut se soutenir; cette jeune fille, ennuyeuse quand elle compose des vers, devient on ne peut plus touchante lorsqu'elle se laisse aller naturellement à son amour; elle se sent émue devant les hautes montagnes et les magnifiques cours d'eau de son pays.

On nous pardonnera notre partialité pour ce petit livre, qui, nous l'avouons, nous a toujours très-vivement intéressé. Nous y avons si bien reconnu les principaux caractères d'une nation au milieu de laquelle nous avons longtemps vécu, que nous l'avons toujours considéré comme l'une de ces rares productions de l'esprit humain qui ont le grand avantage de représenter fidèlement les sentiments de tout un peuple.

C'est uniquement à ce point de vue que nous en offrons aujourd'hui une traduction en quelque sorte littérale. Nous regrettons beaucoup que le temps nous manque absolument pour accompagner le *Luc-van-tiên* de beaucoup de notes, dont l'absence pourra sembler quelquefois une grande lacune. Il eût été très-aisé, à l'aide de ces notes, de composer une véritable histoire de la vie sociale en Cochinchine, telle qu'elle existe de nos jours. Peut-être aurons-nous plus tard le loisir de le faire; notre intention se borne pour cette fois à donner un spécimen d'une littérature qui, nous le croyons, a été jusqu'à ce jour entièrement inconnue en Europe.

G. Aubaret.

Paris, 8 janvier 1864.

LUC-VAN-TIÊN.

A la lueur des lampes, racontons une histoire qui s'est profondément gravée dans notre esprit. Elle nous fait réfléchir en même temps qu'elle nous amuse; sa devise est : humanité, affection. Retenez votre haleine, observez le silence, afin d'écouter; prêtez-moi la plus grande attention, et vous profiterez de ces bons enseignements. Un jeune homme, fidèle et dévoué à ses parents, est en tête ; puis vient une jeune fille modeste et sage, parée de tous les ornements moraux.

Il y avait un homme habitant la province de *Quan-dong-thanh*, humain, compatissant et plein de vertus ; il lui naquit d'abord un enfant doux; on le nomma *Luc-van-tiên.* Âgé de seize ans, il s'attacha entièrement à l'étude, il suivit les leçons de son maître, afin de parvenir à la connaissance parfaite des lettres. Ne comptant ni les mois, ni les jours, il travaillait sans relâche. Il s'éleva, en littérature, aussi glorieux que le phénix; il voulut tout savoir, et même, dans les trois sciences comme dans les six arts militaires, personne ne pouvait lui être comparé.

Or il arriva que des examens littéraires furent ouverts; *Van-tiên*, avant de quitter son maître pour rentrer dans sa famille, alla lui rendre grâces, afin de reconnaître ce temps si long qu'il avait passé sur le seuil de la porte sainte (des études).

Ce jeune homme à l'esprit si pénétrant, au caractère si droit, se réjouissait déjà comme le dragon, quand il rencontre les nuages; il n'était point de ceux qui ne veulent pas se faire une position en ce monde, son ambition désirait ardemment atteindre le but. Il disait : « Je veux que ma réputation soit brillante; je veux que le nom de mon maître s'étende au loin. » Il voulait être un homme et prendre racine parmi les hommes; mais, avant tout, il honorait ses parents; la recherche de sa propre gloire ne venait qu'en seconde ligne.

Son maître s'entretint avec lui très-sincèrement : « Je pense, lui dit-il, que ta destinée t'éloigne encore de la réussite; cependant je n'ose pas te dévoiler les secrets du Ciel. Cette destinée m'émeut en mon cœur et me pousse envers toi à une grande compassion; mais, afin que, plus tard, tu discernes clairement le trouble du limpide (le bon du mauvais), il faut que je fasse une évocation pour que ta personne soit protégée. Maintenant, mon fils, descends dans ce lieu où se heurte la foule (le monde). » Le maître communiqua à son élève deux paroles magiques qui partout devaient le protéger, si malheureusement quelque danger venait l'assaillir; au fond d'un fleuve, au milieu de la mer, au plus haut d'une montagne, il n'avait plus rien à craindre.

Le maître alors se retira chez lui. *Van-tiên*, très-troublé dans son cœur, sentit augmenter ses doutes; il ne savait plus quel parti prendre. Le maître lui avait dit que la réussite à l'examen était encore bien éloignée; était-ce parce qu'il allait se trouver empêché par des affaires de famille? ou bien n'avait-il pas assez de vertus, ou bien sa science n'était-elle point suffisante? « Depuis si longtemps, disait-il, que je fais tous mes efforts dans l'étude des lettres, si je ne réussis pas cette fois, quand pourrai-je réussir? Que faire donc? à quoi se décider? le mieux n'est-il pas d'en reparler avec le maître? » Il veut avoir, cette nuit même, les explications les plus précises; après cela, des milliers de *li* ne pourront l'effrayer, il sera capable d'avoir la paix en lui-même.

Le maître était assis, il réfléchissait; regardant autour de lui, il s'aperçut que son disciple revenait; il lui dit : « Tu as à parcourir une distance très-longue, pourquoi donc n'as-tu pas encore ton bagage sur les épaules? pourquoi reviens-tu? Est-ce parce que tu doutes de moi? ou bien est-ce à cause de cette parole que je t'ai dite que la réussite est encore éloignée? »

Van-tiên écoute et répond aussitôt : « Je suis bien jeune encore, j'ignore le cours des choses de ce monde; mes parents sont dans un âge avancé; je vous supplie, maître, donnez-moi un moyen de lire dans l'avenir. »

Le maître entend ces mots, il a pitié de son disciple; il le prend par la main, le conduit au-devant de sa maison, et, lui montrant la lune, il se recueille et dit : « Les affaires humaines sont semblables au cours de cet astre dans le ciel; bien que sa clarté se répande en tous lieux, elle a pourtant ses phases : tantôt obscure, tantôt brillante, quelquefois entière, quelquefois réduite de moitié. Quand tu seras clairement convaincu de cela, il te sera inutile de m'interroger de nouveau; ta destinée se résume en ces deux mots : examen, réussite. »

Mais voilà que l'étoile *dâu* a déjà brillé; sa clarté se mêle à celle du jour naissant, et cependant ils s'entretiennent encore. Le soleil est sur le point de paraître; le coq chante. Le maître dit : « Lorsque, du côté du nord, tu rencontreras un rat[1] sur ta route, alors se lèvera pour toi la réputation. Mais, quand bien même tu parviendras à la gloire la plus élevée, que ces paroles de ton maître ne soient pour toi jamais perdues. Rappelle-toi sans cesse ce que je te dis : après les pleurs, la joie; veille sur toi, mon fils, que ta conscience soit pure, et tu n'auras rien à redouter. »

Van-tiên remercie avec empressement; ces sages préceptes seront à jamais gravés dans sa mémoire; il n'en négligera pas le moindre mot.

Le soleil est levé, *Van-tiên* se met tristement en route, jetant un regard plein de regrets sur ces lieux de silence et d'étude; il gémit en pensant aux nouveaux pays qu'il va parcourir.

Le maître, de son côté, est ému de compassion à la vue de son disciple si triste, de cet enfant ainsi abandonné tout seul au vent et à la pluie.

Comme autrefois le savant *Nhan-huyên*, *Van-tiên* est en route, son bagage sur les épaules. Il porte

[1] Le maître veut parler de l'année du *rat*, comme on le verra dans la suite.

avec lui le livre *Tu-lô* et une gourde d'eau fraîche; il dit : « Autant le poisson soupire après l'eau, autant je désire une réputation honorable; mais toujours je veux observer la justice. Que de temps cependant, avant que cette époque arrive! je suis triste et las quand je pense aux longs jours qu'il me faudra encore parcourir. La route est longue, le but bien éloigné. Où entrer? quelle habitation est la plus voisine? Cherchons d'abord une figure amie, et puis nous penserons à reposer nos pieds. » Mais d'où viennent ces pleurs? pourquoi ces plaintes? Tous ensemble ils s'enfuient vers la forêt, vers les montagnes. *Van-tiên* les interpelle : « Où courez-vous ainsi emportant vos enfants sur les épaules? pourquoi vous enfuyez-vous si rapidement? » Ils répondent : « Quel est ce garçon? serait-ce encore un brigand qui voudrait nous poursuivre jusqu'à la montagne? » « Je suis, dit *Van-tiên*, l'habitant d'un pays éloigné; je vous prie de me dire en un mot la véritable cause de vos craintes. » Ils entendent *Van-tiên*; sa parole leur paraît sincère; ils s'appellent l'un l'autre; ils s'arrêtent et disent : « Voilà que des brigands, dont le chef se nomme *Phong-laï*, se sont réunis en bande et habitent le mont *Chon-daï*. Leur puissance est grande; aussi les craignons-nous beaucoup. Maintenant ils sont descendus de leur montagne pour ravager notre pays. Deux jeunes et jolies filles étaient sur la route, ils les ont enlevées; mais, dans notre village, qui oserait dire un seul mot? Et cependant nous sommes tous pleins de compassion pour le sort de ces deux jeunes filles si malheureuses. L'une d'elles est une perle, sa personne est semblable à l'or le plus pur. Ses joues sont rouges comme des pommes, ses sourcils allongés comme des arcs; elle est belle, sa taille est délicate et élancée, son extérieur respire la convenance[1]. Mais ces scélérats féroces ont enlevé ces filles, dont la nature ne peut aucunement être comparée à la leur. Hélas! hélas! nous n'osons pas parler plus longuement.» Ils s'enfuient en toute hâte, craignant que les brigands ne s'emparent d'eux. *Van-tiên*, à ces mots, s'enflamme de colère; il demande où est la bande des brigands, le lieu qu'elle habite. «Je veux faire tous mes efforts, s'écrie-t-il, des efforts de héros; je veux délivrer ces personnes des misères et des malheurs où elles sont tombées.» Ils lui disent: «Cette bande est auprès d'ici. Nous voyons, dans tes yeux, combien tu es brave, mais nous craignons que tu ne sois pas assez fort pour résister à ces cruels. Si l'on ne vient à ton secours, ne seras-tu pas forcé de te rendre et de tomber ainsi toi-même dans leur horrible repaire?» *Van-tiên* s'approche du bord de la route, il brise un arbre, en fait une massue; puis il se dirige vers le village abandonné. «Oh! vous tous, s'écrie-t-il, tous les brigands, ne prenez pas pour habitude de troubler le repos, de causer des dommages au peuple!» *Phong-laï*, le chef, rougit de colère; son visage s'enflamme: «Quel est ce gamin, dit-il, qui ose venir me provoquer jusqu'ici? Avant de me mesurer avec un pareil

[1] Littéralement: Elle est mince et froide.

misérable, j'ordonnerai d'abord à ma bande de l'entourer de toutes parts en un cercle fermé. » Mais *Van-tiên*, avec la plus grande audace, porte des coups à droite et à gauche, semblable au héros *Triêu-tu*, qui força le cercle, acquérant ainsi tant de réputation; il rompt la bande, elle se sauve en déroute. Tous à la fois, les brigands jettent leurs sabres et leurs lances pour s'enfuir avec plus de rapidité. *Phong-laï* se retourne alors, mais le sort ne conduit pas sa main; car *Van-tiên*, d'un coup de massue, l'étend à terre sans vie. Les voilà donc exterminés ou dispersés comme une troupe de fourmis, comme un essaim d'abeilles!

« Qui pleure dans ce char? » demande-t-il; on lui répond : « Je suis une personne sincère, récemment tombée dans un piége. Saisie par la main des brigands, je suis maintenant dans ce char si étroit, à l'entrée difficile. J'ose demander qui est là pour sauver une pauvre abandonnée. » *Van-tiên* entend ces paroles, il est ému. « J'ai chassé, dit-il, la troupe des brigands; asseyez-vous en paix; ne sortez pas du char; vous êtes deux femmes, il n'est pas convenable que vous paraissiez devant un homme. Jeunes filles, quelle est votre famille? où allez-vous? pour quelle cause êtes-vous tombées en un malheur si imprévu? Je ne sais ni vos noms, ni vos prénoms; quelle est votre patrie? pourquoi êtes-vous venues jusqu'en ce lieu? Mon cœur ignore tout, il veut savoir la vérité. Êtes-vous des servantes ou des filles d'un rang distingué? »

« Je me nomme *Kiêu-nguyet-nga;* la jeune fille qui est auprès de moi est ma suivante, son nom est *Kim-liên;* notre patrie est la province de *Tay-xuyên;* mon père est gouverneur à *Ha-ké;* il a envoyé des soldats me porter l'ordre de revenir jusqu'à la maison, afin de la diriger. Une fille oserait-elle contrevenir au désir de son père? Bien que la route soit très-longue, j'étais contente d'aller; je savais bien que ce voyage était on ne peut plus pénible; mais, si je n'étais point partie, qu'aurais-je pu faire? Tombée dans le danger, l'occasion ne se présentait pas pour moi d'en sortir; mais le malheur peut durer un siècle, un moment suffit pour lui échapper. Devant le char, jeune héros, asseyez-vous; accordez à votre servante de vous saluer. Je vous dirai combien faible jeune fille je suis. Hélas! puis-je rester au milieu de cette route sauvage et pleine de broussailles? *Ha-ké* n'est pas éloigné d'ici; je vous supplie de m'y accompagner, je vous en serai très-reconnaissante; vous m'avez rencontrée au milieu de la route; je n'ai ni bijoux, ni or, ni argent, mais je n'oublierai point ce que je dois à votre vertu et à vos mérites; et que pourrai-je faire pour récompenser une conscience pareille à la vôtre? »

Van-tiên entend ces paroles, il sourit. Faire le bien lui suffit, il méprise les remercîments. « Je comprends parfaitement, dit-il; mais qui voudrait croire sincèrement que je suis désintéressé, si j'acceptais quelque chose? Le souvenir et la gratitude sont au-dessus de toute récompense; l'homme, en ce monde, ne doit pas être autrement que brave et dévoué. Vous devez me connaître maintenant et comprendre qu'il n'est pas nécessaire que je vous accompagne. »

Nguyet-nga voit que *Van-tiên* ne veut pas partir; elle lui demande encore au moins son nom et ses prénoms; elle dit : « La pauvre fille va se mettre en route; elle ne sait seulement pas la patrie du jeune héros. » *Van-tiên* écoute ces paroles en silence; il entend cette voix chaste et pure, son cœur n'y tient plus; il ne peut s'empêcher de dire : « *Dông-thanh* est ma patrie; mon prénom est *Luc*, mon nom *Van-tiên;* je sais à présent, *Nguyet-nga*, que vous êtes véritablement une fille vertueuse. »

Les oreilles de la jeune fille entendent ces paroles; ses mains aussitôt enlèvent son épingle de tête; elle dit : « Voilà que nous nous sommes rencontrés, et nous nous connaissons; je vous prie d'accepter ceci comme un gage de ma foi. » *Van-tiên* détourne la tête, il ne veut pas voir. *Nguyet-nga* le regarde furtivement; elle rougit de pudeur. « Ce cadeau est bien peu de chose, dit-elle; je vous parle, et pourtant vous ne me regardez pas. Ce que je vous offre est tout à fait sans valeur; que votre cœur donc ne le méprise pas; cessez de détourner votre visage. » Il est difficile à *Van-tiên* de se retenir; l'amour l'a déjà lié; il est dans les liens de la passion. « Là où on est habile, dit-il, on a pour soi la provocation; vos remercîments ont déjà tant de valeur! Comme cadeau, votre épingle est trop belle. Au sujet de cette heureuse rencontre sur la route, un mot de vous, un souvenir, ne valent-ils pas mille bijoux? C'est votre affection que j'aime; pour les biens, je les méprise; et que ferais-je de cela si je l'acceptais?» Elle dit: «Une petite créature comme moi ne connaît pas encore le mensonge qui obscurcit le cœur; qui pourrait penser qu'un courageux héros voudrait bien regarder une épingle? Je rougis à cause d'elle; je pleure, car, hélas! elle n'est qu'une pauvre épingle; elle est bien laide; et qui pourrait la désirer? Aussi, quand je vous l'offre, vous détournez la tête. Je vous prie d'accepter une poésie d'actions de grâces.» *Van-tiên* se retourne aussitôt; il dit: «Oh! pour une poésie, écrivez-la bien vite; veuillez ne pas tarder.» *Nguyet-nga* y consent volontiers; gracieusement elle s'y prête. De sa main aussitôt elle trace huit vers de cinq caractères. Les vers écrits, elle les offre au jeune homme. Elle désire vivement savoir comment sera jugée son érudition littéraire. *Van-tiên* lit les vers; il en est interdit d'admiration. Qui aurait pensé qu'une simple fille eût une érudition si élevée? Si elle compose vite, elle sait encore mieux, supérieure aux savants de *Tong-ngoc* quand ils vont aux examens, quand ils citent de mémoire leurs poésies déjà si admirables. En quoi le savoir de cette fille est-il moindre que celui d'un jeune homme? Ainsi donc, qui pourrait supporter d'être vaincu par elle? *Van-tiên* écrit à son tour une poésie; il la présente. La jeune fille, en la lisant, comprend l'intention du héros. L'harmonie de ces poésies est semblable à deux oiseaux de la même espèce; il y a des vers si bien disposés qu'ils excitent pour toujours.

La route est longue, elle est urgente, les distances sont grandes en ce monde; ceux qui vivent sous le ciel se rencontrent un jour, et, quand ils se sont dit une parole sincère, c'est tout.

Van-tiên salue la jeune fille; ils se séparent. *Nguyet-nga* gémit; son cœur est chargé de tristesse à cause de son affection; elle réfléchit en elle-même; elle craint pour elle à cause de ce bienfait qu'elle n'a pas encore reconnu, à cause de cette passion qu'elle porte dans son cœur. Tristement elle va, comme l'un des oiseaux inséparables, *oan* et *uong;* son affliction est profonde, parce qu'elle ne sait que trop combien elle est enveloppée de son amour. Elle s'adresse à son père, elle dit : « Ô mon père, ô mon seigneur, fût-ce pendant cent ans, il me faudra le suivre ou renoncer à la paix. Serions-nous sans amour, comme furent *Nguon* et *Lang?* Ô mon père, le cœur de votre fille s'est incliné vers ce jeune homme. Hélas! hélas! chère petite sœur *Kim-liên* (sa suivante), dirigez le char, afin que votre aînée puisse se rendre à *Ha-ké.* Traversons ces traces de lièvre, ces sentiers de chèvre; l'oiseau chante, le singe crie; de tous côtés coulent les sources. Je salue le ciel, je le supplie de me conserver pure, et qu'à jamais mon cœur batte avec celui de ce jeune homme. »

Peu de temps après elle arrive chez le mandarin *Kiêu-cong*, son père; il la voit, et son cœur est rempli de pensées; il demande pourquoi sa fille n'est accompagnée de personne, pour quelle raison son enfant va ainsi toute seule. *Nguyet-nga* répond en racontant tout ce qui s'est passé. *Kiêu-cong* réfléchit sur ces choses, il n'en est pas content. Cependant *Nguyet-nga* s'attriste beaucoup dans son cœur, elle pense au jeune homme absent, elle pleure amèrement, elle se désole bien de n'avoir plus rien à craindre. « Pourrai-je jamais, s'écrie-t-elle, récompenser les mérites de ce jeune homme? » Son père l'entend, il est ému de pitié, il la reprend doucement et lui dit : « Songez, ma fille, que la paix du cœur vaut de l'or; quand j'aurai terminé les affaires publiques, j'expédierai des soldats afin qu'ils aillent recevoir ce jeune homme et l'escortent jusqu'ici. Soyez donc patiente, attendez encore un peu, et je vous promets de le récompenser. Rentrez donc dans vos appartements intérieurs, et que dans votre cœur les soucis fassent place à la joie. »

Le tambour de la grande pagode a frappé la troisième veille; *Nguyet-nga* est pleine de tristesse en songeant à sa destinée, elle quitte ses appartements, elle va à la pagode des Esprits. Son regard se fixe sur la lune, et puis baissant la tête elle se sent émue d'amour et de bonté, elle gémit : « Ô flux et reflux, hautes montagnes, qui peut donc voir ou entendre votre harmonieuse voix pénétrante, sans penser davantage à son amour, sans en gémir davantage? Je veux que difficilement disparaissent mes ennuis, que difficilement se fane la couleur de ma tristesse. Éternellement, ô terre immense, ô ciel sans limites, hélas!

ne permettez jamais qu'il soit malheureux. » Elle se retourne alors, et, prenant un pinceau, elle dispose un banc et prie l'âme des saints; son amour peu à peu se confond avec sa prière, et sa main dessine une image qui devient l'image de *Van-tiên.* Elle gémit de nouveau : « Milliers de lieues, montagnes et fleuves, ce sentiment qui reste en nous-mêmes, ce qui coule au plus profond du sang, ce qui émeut le cœur des jeunes filles, pourquoi n'est-ce qu'après et longtemps après que le cœur des hommes en est ému? Dites-le, je vous en prie, racontez-m'en la cause. . . . . »

Lorsque *Van-tiên* eut quitté *Nguyet-nga,* il rencontra sur la route un homme qui se rendait à la capitale du royaume; l'aspect de cet homme était horrible, son visage était noir et laid, sa taille très-élevée, son air féroce; rappelant chacun en eux-mêmes des sentiments de paix, ils allèrent au-devant l'un de l'autre, comme deux héros quand ils viennent à se rencontrer.

Van-tiên ignore les noms et les prénoms de cet homme; seul, portant ainsi sa besace, où dirige-t-il ses pas? « Je vais, répond-il, aux examens; *Ân-minh* est mon nom, *O-mi* est ma patrie. »

Van-tiên connaît bientôt ce qu'il y a chez cet homme de bon et de mauvais; s'il est très-laid de visage, il a du moins une grande science. Ils se disent : « Soyons amis, vivons en société, que l'affection soit entre nous et non la discorde; en gravissant la forêt, il n'est pas bon de mépriser les arbres (il faut veiller sur soi).

Nous ferons donc notre route ensemble; voici une pagode et un bois sacré tout près de nous, entrons-y pour reposer nos pieds un instant; nous nous déclarerons réciproquement nos noms et nos prénoms; puis, quand nos pieds seront redevenus légers, nous nous mettrons en route.»

Ân-minh, le premier, part pour l'académie; *Van-tiên* doit s'arrêter dans son village afin d'y visiter sa famille.

Ses parents le voient, ils se réjouissent : «Voilà, disent-ils, que nous voyons enfin notre fils.» Son vieux père réfléchit, sa vieille mère espère. Combien cet enfant a-t-il déjà acquis de mérites? «Notre fils n'est-il pas devenu un savant?» *Van-tiên* s'agenouille, il répond : «Je ne suis pas encore un homme, je suis semblable aux petits; j'ose prier cependant mon père et ma mère d'être contents, de permettre à leur fils de payer sa dette de reconnaissance pour le vêtement, pour la nourriture qu'on lui a si libéralement donnés.» Les parents entendent et voient, leur joie augmente. Afin qu'il ne soit pas contraint de puiser lui-même l'eau des montagnes, pendant sa longue route, on lui donne pour le suivre un petit garçon comme serviteur; on lui recommande d'écrire des lettres. Depuis longtemps son mariage a été décidé avec la fille d'un ancien mandarin qui demeure à *Han-giang;* elle se nomme *Vô-phi-lan*, elle est belle, elle a deux fois sept ans, elle est délicate. Le père de *Van-tiên* s'écrie : «Ô mes voisins! mon fils est arrivé; voyez la poésie qu'il a composée

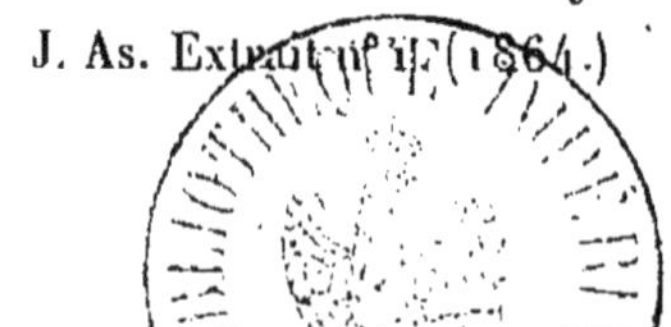

lui-même! Maintenant il va partir; s'il peut devenir mandarin, assise à ses pieds, sa jeune fiancée préparera le ruban rouge (lien du mariage). » Enfin ses parents l'enseignent et le conseillent sur la conduite qu'il a à tenir.

Van-tiên et le petit garçon se mettent en route; tout en marchant il pense au nombre de *li* qu'il leur faudra faire pour arriver au but. La mousson du sud est établie, le printemps n'est plus, on est en été. *Van-tiên* est attristé de ne rencontrer que des arbres sur sa route solitaire; le bruit de l'abeille l'ennuie, le chant de la cigale le fatigue; il franchit une colline, puis une autre; l'eau bouillonne, elle tombe en cascade, les monts sont élevés; pas un visage humain dans le pays qu'il traverse. L'oiseau chante sur la branche, dans l'eau le poisson s'amuse; les deux voyageurs s'en vont admirant la nature, la belle nature verte, semblable à l'image d'une jeune personne élégante.

Ainsi *Van-tiên* arrive à *Han-giang*, il s'approche un instant, il remet un billet; *Vô-cong*, le père de *Phi-lan*, voit le papier, il le lit; il se réjouit, songeant que les fiancés pourront réunir les bouts du fil de soie; il considère l'air et la tournure de *Van-tiên*, il le trouve digne de louanges, son prénom de *Luc* (concorde) annonce le bonheur dans sa famille. Ses sourcils sont allongés, son œil est celui du phénix, ses lèvres sont du vermillon; dix fois il est mince et élancé, il est dix fois saint et sans tache. *Vô-cong* redoute la distance qui va les séparer, le gendre pourra-t-il alors être auprès de la belle fille? Il voit que tous les deux se conviennent aisément, qu'ils se plaisent; mais voilà que la fiancée demeure dans le sud et le jeune homme s'en va du côté de l'orient. Cette affection cependant sera la source du bonheur. *Vô-cong* veut terminer les affaires publiques afin de songer entièrement à celles de sa maison. *Van-tiên* lui dit : « Je me repose sur mon beau-père, mais je ne tiens ni à la grande ni à la petite cérémonie. » *Vô-cong* lui dit : « Vous vous proposez d'aller aux examens, mais pourquoi vous dirigez-vous sans compagnon vers l'académie? Près d'ici est un jeune homme dont le prénom est *Vu'o'ng*, son nom est *Tu-truc*, il a étudié la littérature toute sa vie; je vais envoyer quelqu'un pour l'inviter à venir, afin que vous puissiez essayer une composition avec lui; nous saurons ainsi la valeur de vos connaissances à tous deux, et vous deviendrez bien vite réciproquement amis. » Or donc, après que *Tu-truc* fut arrivé, *Vô-cong* prépara une gourde de vin de riz et leur dit : « Voici, mes enfants, la récompense de celui qui écrira la meilleure poésie; je veux qu'aujourd'hui *Truc* lutte avec *Tiên*. Prenez pour sujet ce vers *sur le repos et la bonté du cœur.* »

Les deux jeunes gens s'assirent alors à côté l'un de l'autre. Tous deux commencèrent la lutte; leurs sciences en vinrent aux mains, mais les compositions furent parfaitement égales. *Vô-cong* dit : « Le cinnamome et la cannelle sont deux branches également embaumées; le tableau d'or et les tablettes d'argent sont dignes d'aller ensemble. La cloche résonnerait-elle si on ne la frappait, la mèche éclairerait-elle si d'abord on ne la coupait (c'est ainsi que votre science est maintenant connue)? Je vous donne votre récompense, soyez satisfaits; il est juste de vous louer, tant pour votre savoir que pour votre éducation. » *Truc* dit : « *Tiên* est un maître d'une haute habileté, je n'oserai point comparer ma composition avec celle d'un homme aussi érudit; c'est le hasard seul qui nous a réunis ici; je le prie donc de vouloir bien être dès à présent comme mon frère aîné, c'est une pareille affection que je lui demande. Je te salue, mon frère, je retourne chez moi, demain nous partirons ensemble. »

Cependant la lune brille au sommet du ciel; *Van-tiên* entre dans la maison pour s'y livrer au repos; *Vô-cong* se renferme à son tour dans les appartements intérieurs, pendant la nuit, il instruit sa fille *Phi-lan* sur ce qu'elle a à faire. « Demain matin, lui dit-il, avant le lever du soleil, tu te feras peigner et parer par ta servante; puis tu te rendras au jardin afin d'appeler son amitié, de faire partager l'affection, pour qu'à l'avenir, quand vous serez séparés, vous puissiez conserver votre cœur en paix. »

Déjà l'ombre de la lune allonge les branches de l'arbre *dau; Van-tiên* remercie ses hôtes, et, plein de pensées, il se met en route. Le soleil va bientôt paraître et briller; *Phi-lan* se tient sur la porte du jardin, elle salue le jeune homme. « Le savant, lui dit-elle, va subir les examens à la grande capitale;

je le prie d'aimer la petite enfant, de donner un peu d'affection à la petite fille. Mon cœur est en peine, mon souvenir vous suivra comme le vent. La route est longue, vous allez faire des milliers de *li*, dites-moi un seul mot. Vous êtes pour moi, aujourd'hui, le roi qui gouverne le monde, vous êtes comme le phénix sur l'immense *ngo-dong* (arbre très-élevé); je vous en supplie, ne dédaignez pas tout à fait ma beauté; devant la chambre du jeune savant, toujours j'aimerai, j'espérerai, et mes pensées seront tristes. Comme une flèche rapide, ainsi s'étendra votre réputation; la petite fille demande deux choses : affection et constance. Je vous supplie de ne pas en désirer une autre pour m'abandonner; ne jouez pas avec la pomme en oubliant la grenade, que le noir ne vous fasse jamais délaisser le blanc. » *Van-tiên* entend ces paroles, il s'enflamme comme le feu. Il n'estime pas que deux foyers brûlent dans la même cuisine (deux femmes); il pense que deux rubans liés ensemble n'en forment plus qu'un. L'homme en ce monde n'a-t-il pas toujours eu beaucoup de soucis? *Phi-lan* dit : « J'aurai recours au livre sacré des annales et à celui des arts libéraux; leur poésie calme la violence de la douleur, leur littérature nous rend meilleurs, pendant cent ans le cœur ne peut l'oublier. Mais chassons la tristesse, voilà *Tu-truc* qui vient; il ne faut pas lui donner de soupçons. » *Phi-lan* aussitôt se sépare du jeune homme; *Van-tiên* place son paquet sur l'épaule et se met en route. Au bout d'un *li* seulement il rencontra *Ta-truc*, qui l'avait promptement rejoint. Tous deux s'avancèrent ainsi dans le pays de *Shon-ki;* ils vinrent jusqu'à la rivière *Vo-mon*, où bondissaient les poissons et volaient les oiseaux. C'est ainsi qu'un érudit avait rencontré un autre érudit. *Tiên* et *Truc* s'en allaient jouant et plaisantant ensemble. Tels furent autrefois *Nhan* et *Oai.* Quelques verres de vin, deux ou trois poésies, et puis le désir d'un nom célèbre, qui n'a pas ce désir? Dans leurs rêves, ils franchissent en un instant les trois degrés de la grande porte (trois grades universitaires), ils s'entretiennent sur le près et le loin, ils craignent cependant que leur science ne soit plus tard pour tous deux une source de haine.

Truc dit : « Le dragon est descendu au profond de l'abîme; tantôt il se plonge dans l'eau, tantôt il se plaît parmi les nuages (tu sais tout à fond). » *Tiên* lui répond : « Les oies sauvages se sont envolées ensemble de leur vol rapide ; il y en a qui craignent d'être piquées aux ailes, d'être obligées de rester en arrière (ton émulation est grande). » Finissant ainsi leur conversation, ils aperçurent la capitale où ils étaient parvenus; le soleil était sur le point de se coucher. Les deux amis cherchèrent une auberge pour demeurer en attendant l'époque de l'examen. Bientôt ils firent la rencontre de quelques camarades lettrés. Afin de lier connaissance, ils se dirent l'un à l'autre leurs noms et prénoms. L'un d'eux habitait *Pham-chuong*, son nom était *Hâm*, son surnom *Trinh;* c'était un homme très-ordinaire en littérature ; l'autre habitait *Duong-xuân*, il avait vingt ans à peu près, son surnom était *Bui*, son nom *Kiêm*. Ces deux jeunes gens vinrent rendre visite aux deux amis; ensemble ils entrèrent dans l'auberge, très-gais et riant aux éclats. *Kiêm* dit : « Nous avons entendu parler de la réputation du frère aîné *Van-tiên*, et très-heureusement nous le rencontrons enfin selon nos désirs. » — « On ne sait pas encore, répliqua *Hâm*, s'il est avec raison célèbre ou non ; qu'il compose une poésie nouvelle, et nous saurons alors clairement quelle est sa science. »

Cependant il appela l'hôte et lui dit : « Il est bon que vous nous prépariez à manger. » L'hôte, entendant ce que *Hâm* lui disait, répondit : « Des lettrés, des hommes illustres, doivent avoir ce qu'ils désirent; voici donc une bouteille de vin blanc et des gobelets de verre; ici un pot à tabac et des pipes que l'on n'offre qu'aux gens bien élevés. Voici un *shinh-câm* [1] aux herbes odoriférantes et au poisson vivant. Que chacun fasse à sa fantaisie, que chacun suive son désir. Peut-être voudrez-vous lutter de science et écrire quelques vers. Voici du thé parfumé excellent; voici du vin tout disposé dans un vase. » L'hôte présenta tout cela afin de recevoir convenablement les étrangers illustres. C'est ainsi qu'on reçoit les lettrés; ainsi on reçoit les héros.

Après avoir bu et mangé, pris le thé et le vin, les jeunes gens s'assirent de nouveau pour écrire quelques vers. *Kiêm* et *Hâm* étaient fort embarrassés;

[1] Plat annamite dans lequel on mange du poisson vivant.

mais *Tiên* et *Truc* eurent terminé leur composition en moins d'une heure; cela surprit beaucoup les deux premiers, qui considéraient *Tiên* et *Truc* écrivant leur poésie et ne comprenaient pas de qui se moquait l'hôte, frappant des mains sur les nattes et riant beaucoup.

Tiên lui demanda de qui il se moquait; l'hôte lui répondit : « Je ris de ceux qui ne savent rien et qui, cependant, veulent faire de la poésie; je ris des ignorants qui ne pensent à rien; d'abord ils paraissent habiles, et puis ils ne savent pas même le cours de l'eau. » *Truc* lui dit : « Votre discours a du sens; l'histoire du monde n'est-elle pas entière dans les livres sacrés? » — « Je connais déjà, répliqua l'hôte, les quatre *king;* je les ai lus, et les étudier de nouveau me fait beaucoup de plaisir; vous le demandez, c'est pour cela que je dois vous répondre. Une cause fait que nous aimons, une autre fait que nous haïssons. » *Tiên* dit : « Nous ne savons pas encore cela d'une manière certaine, nous ne savons pas de quelle façon il faut haïr ou aimer. » L'hôte dit : « Il faut haïr les choses contraires à la raison, il faut les haïr d'une grande haine, les détester de tout son cœur. Haïr comme fut haï autrefois le luxurieux monarque *Kiet-tru;* il fit que le peuple bouillait de colère contre lui à cause de ses impudicités. Haïr comme fut haï autrefois le fourbe *U-lê;* il enseigna le peuple à supporter injustement une excessive misère. Haïr comme autrefois fut haï *Ngu-bach*, qui, impliqué dans mille affaires, faisait partout naître des corvées, afin de fatiguer le peuple. Haïr comme fut haï *Thac-thuc-qui* de mauvaise mémoire; le matin il se soumettait, le soir il livrait bataille, épuisant continuellement le peuple. Aimer comme fut aimé le maître *Nhau-tu*, si soigneux de sa réputation; à trente et un ans, il sortit de la grande voie (du monde) couvert de mérites. Aimer comme fut aimé *Gia-cac*, instruit et doux; se trouvant chez les *Han* (en Chine), il fut heureux de les quitter. Aimer comme fut aimé *Dong-tu*, maître si élevé en science; il eut le pouvoir de devenir roi, mais il ne voulut pas l'être. Aimer le généralissime, l'aimer sans cesse; il a tellement aidé notre patrie qu'elle a pu retourner à la charrue. Aimer comme fut aimé *Han-giu*, qui n'eut pas de bonheur; le matin il donnait des conseils, et le soir on l'exilait au loin. Aimer enfin comme fut aimé *Kiêm-lac;* il sortit pour être roi, mais, son destin étant contraire, il revint chez lui se faire homme du peuple. Lire souvent, sans cesse, les livres sacrés; c'est à cause de cela que j'aime la moitié d'entre vous et que j'en hais la moitié. » — « Un bouddha en or habite une pagode en ruines, dit *Truc;* qui pouvait savoir que dans cet hôtel il y eût une si grande connaissance des *king*? J'aime l'hôte, parce qu'il ne pense pas seulement aux nécessités de la vie; il sait qu'après la plus grande chaleur la pluie se dispose à venir. » — « *Nghiêu* et *Thuan*, répliqua l'hôte, disaient jadis : Il est mauvais d'aller contre la volonté de son père, il est difficile d'aller contre sa promesse; barbares et Annamites ne veulent pas aider ensemble le royaume de *Châu;* si chaque homme demeure dans ses limites, qui pourra être vaincu? *Y, Doan* et *Tai* étaient réunis: deux d'entre eux labouraient, le troisième piochait; leurs regards n'étaient portés que sur la terre. Autrefois le *tay-cong* (grand ministre) portait une ligne de pêche; de bon matin il s'en allait tranquillement vers la rivière; d'un air grave, il se promenait dans toutes les directions; son unique habit, qui devait le préserver du soleil et de la pluie, était déchiré; à moitié nu, combien de fois fut-il inquiet sur son sort! Par le vent, au clair de lune, souvent on le voyait méditer. Aujourd'hui tout cela est bien différent d'autrefois, nous voulons aller là où c'est défendu, entrer là où il y a empêchement.»

Hâm dit : «Le vieux savant parle comme un bavard; grenouille assise au fond d'un puits, tu ne vois qu'un morceau de ciel [1]; solide comme un arbre planté en son lieu, compareras-tu la flamme avec le bois d'aigle? Tu sais mépriser et louer; tu connais le passé et l'avenir; tu te mêles de tout; mais malgré toute ta science, il te faut vendre du riz comme un gamin.» L'hôte dit : «Celui qui compare sa réputation à autrui, la voit avec deux yeux et deux prunelles semblables à des perles; cela est aussi ridicule que de jouer d'un instrument aux oreilles d'un buffle. Canard dans l'eau trouble, tu ne me donnes envie que de me moquer de toi.» *Tiên* dit : «Monsieur l'hôte, veuillez ne pas vous moquer d'eux, nous savons déjà qu'il y a ici des ignorants, mais

[1] Tu es un ignorant.

nous avons lié amitié ensemble; ensemble nous avons bu du thé, du vin, fait de la musique et des vers. Leur seul mérite est la richesse, ils ne veulent pas du mandarinat. Doucement et d'un cœur content, ils se réjouissent selon leur désir; la force des lettres est semblable à une mer immense, ne vous moquez pas de ceux qui tentent d'y nager. » — « Je vois que là, dit l'hôte en désignant *Van-tiên*, on connaît ma pensée; permettez que, pour vos paroles pleines de sens, je vous offre ce vin. » *Kiêm* et *Hâm* étaient des garçons qui mesuraient le travail, aussi furent-ils étonnés de voir *Van-tiên* très-soucieux en lui-même, malgré les mérites certains qu'il apportait à l'examen. *Hâm*, quoique ayant persévéré dans l'étude, ne put jamais s'élever, et, réfléchissant à ce qu'il avait fait, au dernier moment il recula.

Cependant on a partout battu le tambour qui annonce l'ouverture des portes de l'académie. Chacun, prenant avec lui son bagage, se presse sur la route, tantôt une troupe de sept étudiants, tantôt une société de trois, entrent dans l'enceinte. *Van-tiên*, d'un pas calme, a suivi la foule. Par hasard il rencontre un courrier qui lui apporte une lettre de sa famille, il en ouvre l'enveloppe afin de savoir ce qu'elle contient; aussitôt il se laisse tomber, tout troublé dans son âme, et deux ruisseaux de larmes coulent le long de ses joues. En lui le ciel du sud, la terre du nord (bouleversé) sont la cause de sa douleur profonde. Ses compagnons sont émus de pitié. « Ô ciel! s'écrie-t-il, combien tu fais peu de cas de ma réputation, combien tu méprises mes mérites! voilà que tous pourraient à leur gré acquérir un nom célèbre, tandis que moi j'apprends que ma mère est partie pour la demeure obscure (morte). »

Van-tiên s'en retourna à l'hôtellerie pour s'y livrer à ses pensées. Son domestique, en gémissant, lui demanda pourquoi il revenait. Ce petit garçon se désolait, il versait d'abondantes larmes. « Ciel! disait-il, ciel, pourquoi permets-tu tant de malheurs sur un homme aussi sincère? » *Truc* lui dit : « Petit serviteur, à peine arrivé dans cette contrée, tu éprouves déjà bien des soucis; mais apaise ta douleur et dès à présent occupe-toi de préparer des remèdes à ton maître. Dans deux jours, je reviendrai de l'examen et viendrai savoir de ses nouvelles. Maintenant, va chercher un tailleur, amène-le ici; prépare les habits convenables pour le deuil; qu'aujourd'hui même tout soit prêt. N'oublie ni la corde, ni le chapeau de paille, ni la robe blanche funèbre. Conformons-nous en tout aux rites et suivons à la lettre le livre *Van-cong.* » *Tiên* se plaignait, disant : « Ma mère est au nord, son fils est dans le sud, l'eau et les montagnes me séparent d'elle, je l'ai abandonnée, j'ai violé la piété filiale vis-à-vis de ma mère, et maintenant je me sens en moi-même comme un oiseau sans ailes, comme un poisson sans nageoires. Comment tendre à un but, à quoi bon me presser? En cherchant le mandarinat j'ai trouvé le deuil, et maintenant, stupide, ma demeure est flottante; déçu dans mon espérance, je ne sais où aller. Je médite sur les secrets du ciel et de la terre, mais pour moi les étoiles sont parties, la lune change de place pendant que je la contemple. » Deux ruisseaux de larmes coulaient incessamment pendant qu'il se plaignait ainsi, et plus il pensait à son malheur, plus sa douleur augmentait. Le vent fait chavirer la barque quand on ne veille pas aux voiles (image de la destinée). *Van-tiên* considère les montagnes, l'eau qui coule abondamment, et sa douleur lui déchire les entrailles. Il est ému d'affection au souvenir du mérite de ses parents. Il se rappelle l'amour que lui portait sa mère, quand, jusqu'à trois ans, elle le nourrissait de son lait.

L'hôte dit : « Ciel et terre, esprits célestes, vent et pluie, voilà que vous brisez tout d'un coup les branches de l'arbre à encens. Qui pourrait voir sans compassion un pareil spectacle? Vous confondez la piété filiale, vous confondez les mérites; ce sont là les embûches du diable, ce sont les œuvres des génies. Ainsi est la coutume en ce monde, il faut nous y conformer, car depuis longtemps les choses vont ainsi. Aujourd'hui la science a rencontré l'infortune; cette route si longue qui demande plus d'un mois, combien de peine n'a-t-elle pas coûté à *Van-tiên*, avec quel courage il l'a entreprise! Il avait ici rencontré ses camarades, et maintenant ils doivent l'accompagner jusqu'à la route de retour. *Hâm* lui dit : « Je t'en prie, modère ta douleur; tu as manqué cet examen, mais au prochain tu réussiras. Quand l'un de nous est malheureux, ne faut-il pas le secourir, et ne faut-il pas avoir pitié quand la pluie des yeux est abondante et la tristesse douloureuse? »

Van-tiên, mettant son paquet sur son dos, se mit en route. *Hâm* le suit des yeux en pleurant. Cependant, après que *Van-tiên* eut fait environ la distance d'un *li*, il entendit l'hôte qui, courant après lui, lui dit: « Arrêtez-vous, je vous prie, jeune héros. Acceptez ces trois pilules que je vous offre, afin que ce remède protége votre corps et que jamais la maladie ne puisse l'atteindre. Si vous aviez une faim excessive, avalez-les pour l'apaiser. » — « Je les prends et vous rends grâce, dit *Van-tiên;* mon cœur sans cesse vous affectionnera. » — « Et nous, dit l'hôte, nous vous aurons toujours dans la mémoire tel que je vous vois maintenant, nouvellement orphelin. »

Les vertes montagnes, les eaux claires et semblables au jaspe réjouissent le cœur; *Van-tiên*, portant sa gourde de vin d'or au bout de son bâton jaune, s'en allait seul, traversant le pays en paix; de même qu'il avait abandonné les idées de renommée et de gain, de même il évitait les routes suivies par le peuple. Cependant l'hôte s'était retiré rapidement; *Van-tiên*, le voyant partir, médita encore plus sur le malheur et le bonheur de ce monde. Très-attaché dans son cœur à la piété filiale, il se consultait lui-même et rougissait d'être si mauvais fils; il tâchait d'éclairer son cœur pour savoir s'il était pur, il désirait, par-dessus tout, rendre à ses parents ce qui leur était dû. Il s'écriait, pensant à sa destinée: « Qui peut savoir où va se perdre l'eau qui coule dans les fleuves? qui peut connaître une condition aussi tourmentée que la pierre calcinée? Seul maintenant, égaré dans ces sentiers de hautes herbes, non différent d'un petit oiseau qui a perdu sa route et qui se plaint. »

Ce fut alors que *Van-tiên* comprit très-clairement ce que son maître lui avait dit quand il lui parlait d'une réussite encore éloignée.

Le petit serviteur, le voyant en cet état, l'interrogeait avec instance. Considérant qu'ils étaient bien loin encore d'être parvenus chez eux, et ne pouvant pas supporter la tristesse de *Van-tiên*, qui était déjà fatigué de sa marche, il pleurait amèrement. Il craignait que son maître ne tombât malade au milieu du chemin, sur l'une de ces montagnes dangereuses et abandonnées, ou dans une forêt sauvage. « Hélas! dit *Van-tiên*, mon foie se dessèche; hélas! hélas! mes yeux s'empreignent de tristesse, l'obscurité se fait, je ne vois plus rien nulle part; mes pieds sont fatigués de la route, je suis brisé de douleur; mon corps souffre tous les maux, mon corps, hélas! connais-tu toutes tes infortunes? » — « Le ciel et la terre, dit le petit serviteur, savent qu'après dix jours vous deviez être malade. Seul maintenant je dois veiller au présent et à l'avenir. Des arbres verts partout, de la poussière sur la route, d'épais buissons, pas de villages, pas une demeure; avançons avec prudence, il faut tâcher de trouver un médecin. » Ils rencontrèrent, peu de temps après, un voyageur qui traversait la route; c'était un homme qui leur indiqua le village de *Dong-van*. Le petit serviteur prit *Van-tiên* par la main pour le diriger, et, après avoir interrogé, il finit par rencontrer un médecin qui se nommait *Triêu-ngang*. Le médecin dit : « Il faut d'abord vous reposer, demain matin je tâterai le pouls et j'administrerai des remèdes nouvellement faits et non falsifiés. Notre rencontre fera certainement que vous serez bientôt guéri ; mais combien de pièces d'argent avez-vous dans votre bourse? » — « *Van-tiên* n'a pas beaucoup d'argent, dit le petit serviteur, je supplie le maître de réfléchir sérieusement au remède, afin que cette maladie puisse être heureusement calmée ; nous pourrons encore donner au maître cinq onces d'argent. » — « C'est ici ma demeure, dit le médecin, c'est ici que trois générations se sont succédé dans l'art de la médecine. Notre bibliothèque est complète à la maison. Je connais les règles de la science interne aussi bien que de l'externe, et j'y ai ajouté l'étude de la science occulte. J'ai commencé par les livres de la médecine, ensuite j'ai appris le livre de longue vie, celui de l'ordre des artères et celui des remèdes. J'ai lu dans le livre *Bonne mer*, la pureté secrète ; j'ai étudié dans le *Catalogue*, qui ne le cède pas au livre *Nord et Sud*. J'ai médité en des lieux pleins de dangers et sauvages. Je connais les remèdes nouveaux, les remèdes frais, les remèdes excellents. J'ai des remèdes tout préparés, des remèdes supérieurs, des remèdes tempérés, des remèdes non falsifiés. Quand la veine est déprimée ou quand elle bat régulièrement, en posant mes doigts dessus je reconnais la maladie et je sais si l'on doit vivre ou mourir. Je connais les six vertus principales, je sais l'essence des choses, mes remèdes sont célèbres. J'ai les dix amers, j'ai les huit saveurs. J'ai des remèdes préparés pour toutes sortes de maladies internes. Je sais approprier les huit saveurs à toutes les phases des maladies. Je guéris l'extinction de voix, la fièvre et les cinq maladies de peau. »

« Le maître est certainement un savant, dit le petit serviteur ; je le prie donc de tâter le pouls, afin de préparer un remède. »

« Les six veines ont disparu, dit le médecin (elles ne battent plus). Cependant les artères de gauche ont un mouvement régulier ; il faut nous conformer aux livres de la doctrine. Voilà que le feu de la vie est monté jusque dans la tête ; il y a longtemps déjà que la chaleur s'est emparée de l'estomac, de la tête et du ventre : je veux donc prescrire un remède calmant, le *to-am*, composé de nymphéa jaune, de cyprès jaune et d'herbe jaune. Il faut que tout cela se mêle à l'intérieur, afin d'en apaiser le feu ; quant à l'extérieur, il faut le frictionner avec le remède des dix mille facultés. J'administrerai alors les pilules à avaler, et il sera bon de me donner deux onces d'argent bien complètes. Nous ajouterons quelques remèdes préparés et supérieurs, et ce sera la félicité que ce jeune homme recevra de nous. Qui donc voudrait parier, dans la crainte de ne pas être guéri [1] ? »

[1] C'est une coutume en Cochinchine de parier avec son médecin.

Le petit serviteur ne savait pas discerner la vraie science de la fausse. Bien vite il ouvre sa bourse, prend de l'or et le donne. Cependant, durant dix jours, la maladie ne diminue en rien; la souffrance intérieure augmente, la douleur est vive, les élancements fréquents. « Je viens, dit le petit serviteur au médecin, pour que vous jugiez du malade; la maladie n'a pas diminué, et cependant il vous faut encore de l'argent. » — « J'étais couché, répondit le médecin, lorsque j'ai vu pendant la nuit un esprit qui m'a révélé en songe que l'âme d'un homme qui habite en haut de la maison craint qu'il ne vous arrive en route des accidents inconnus. Je pense donc, petit serviteur, que tu feras mieux de traverser le pont pour aller trouver le devin, qui demeure au commencement du village de *Tay-nghy.* » L'enfant, ayant entendu cela, part aussitôt; il rencontre le devin qui appelait le sort avec des sapèques. « Tu ne sais pas encore discerner le vrai du faux, lui dit le devin; qu'est-ce qui te presse ainsi? Pour quelle raison es-tu si inquiet? Moi, ici, je ne suis pas semblable aux autres maîtres, je ne parle pas absurdement, follement; je ne bavarde pas pour n'arriver à rien. Combien d'années ai-je appris dans les livres admirables! Je sais les soixante-quatre sorts, les trois cents conjectures; je connais le livre de l'or jaune, le livre de gauche et le livre élevé. Je n'ai pas encore supputé les six *niams* et les six *giap* (lettres du

On a, de la sorte, du moins la consolation de ne pas le payer si le malade vient à mourir.

cycle), mais je sais ce qui réside dans les signes de la main; j'ai pénétré le ciel et la terre, je connais la chose humaine. Plaçons une ligature, un *tien*[1] et quarante sapèques, une boîte de bétel, une tasse de vin nouveau et pur; faisons encore une invocation aux esprits, peut-être saurons-nous pourquoi le nom et le prénom (ton maître) s'est mis en route, peut-être connaîtrons-nous les paupières de cette créature. » — « Je vous prie, maître, dit le petit serviteur, de tirer le sort, afin que je sache clairement. Il s'agit d'un homme qui demeure dans l'est; sa famille se nomme *Luc*, c'est là son nom; il a seize ans, et il n'a pas d'emploi; parti pour aller faire du commerce, il est tombé malade au milieu de la route. » Le devin dit : « Cette année est celle du serpent, l'horoscope de cet homme se trouve dans le *Bat-quai*[2]; son âge est dans l'âge de la richesse parmi les hommes. Tu dis qu'il est allé pour faire du commerce au loin; je te loue, petit serviteur, de ton habileté à plaisanter et à mentir. Je saisis les sapèques pour jeter le sort, afin de savoir : une pile!... deux faces!... trois faces!... Voilà qui donne un sort de six *trong* (lettre du cycle). Je vois, par la pile, que le père et la mère sont séparés de leur progéniture; le sort m'indique une âme absente (il y a quelqu'un de mort). Ajoutons encore quelques sapèques, pour savoir encore plus clairement; sui-

[1] Un dixième de ligature, laquelle se compose de six cents sapèques de zinc.

[2] Le *Pa-qua* des Chinois.

vons attentivement le sort et réfléchissons. Nous voyons qu'à cet âge il a nouvellement pris le deuil de sa mère; il en est devenu malade tout à coup, parce qu'aussitôt le diable s'est emparé de lui. Je veux que sa maladie cesse; il faut pour cela chercher un sorcier qui le sauve en chassant le diable. » — « Où demeure le sorcier? » demanda le petit serviteur. « A deux pas d'ici, répondit le devin. C'est un sorcier dont la réputation s'étend au loin; son nom est *Dao-chi;* il demeure à *Thang-tôn.* » Le petit serviteur ignore la prudence; il s'en va cherchant le sorcier, demandant où est le village de *Thang-tôn.* Dans un marché, où étaient une foule de marchands, on lui indique non loin de là la demeure du sorcier. Le petit serviteur marche quelques instants; il arrive à la demeure de *Dao-chi,* qui se réjouit beaucoup en le voyant arriver. « J'ai entendu parler de la réputation du maître, lui dit le petit serviteur, de votre talent pour saisir et chasser le diable, de votre habileté pour les conjurations. » — « Je suis, en vérité, un grand maître, répliqua *Dao-chi*, depuis longtemps personne ne peut m'égaler en magie. Si je traverse une rivière, les poissons, à ma vue, replient leurs nageoires. Dans les forêts, si un tigre me voit, il s'agenouille pour me saluer, puis il m'accompagne. Ma puissance sait faire venir le vent ou la pluie; j'envoie l'oiseau au loin; j'ordonne au rat de chasser l'âne, de terrasser le buffle. Je sais le sens caché de la phrase *a-mi-da-phat* [1].

[1] *O-mi-to-pho* de l'invocation bouddhiste des Chinois.

Je puis, si je le veux, faire entrer la nature entière dans la gourde *do'n-lien.* J'ai le pouvoir, en jetant des fèves, d'en faire sortir une armée. Si je brise une statue de paille, elle devient un juge de l'enfer. Je sais ce qui concerne la terre, et je pénètre le ciel. Je m'asseois sur un sabre, je me tiens sur une lance, j'ouvre la route pour extirper l'injustice (le diable). Avez-vous trois onces d'argent dans la main? Je pourrais alors me préparer, afin de disposer ce qui est encore à faire. » — « Je ne mesure pas la dépense, dit le petit serviteur; je vous prie, maître, de faire vos efforts, sans vous préoccuper de pauvreté ou de richesse. Bien que depuis longtemps déjà je serve mon maître, nous avons cependant conservé deux onces d'argent comme provision de route. Si vous guérissez cette maladie, vous nous rendrez le repos, et alors, certainement, je vous payerai généreusement. » — « Donne-moi maintenant, répliqua le sorcier, afin que, sur-le-champ et ici même, je puisse faire mes préparatifs. » — « Je suis bien inquiet depuis longtemps, dit le petit serviteur; mon anxiété est grande, à cause du malade qui est à la maison sans paix ni repos; je vous en supplie, maître, faites tous vos efforts à cause de ce malheur où nous sommes; faites une puissante évocation, et que le malade soit sauvé! » — « C'est là une œuvre difficile, dit le sorcier; couche-toi, et quand la conjuration sera terminée je te donnerai le talisman. » — « Je ne suis que le serviteur, dit le jeune homme; je n'ai aucune maladie pour faire ce que vous me dites; ce n'est pas moi qu'il faut guérir. » — « Je sais jusqu'où va ma puissance, lui dit le sorcier; qu'un malade soit dans le sud, je puis le guérir dans le nord, et la maladie s'en va par mon autorité. »

Le jeune serviteur entend ces paroles, il les comprend, il s'en réjouit, et, se couchant aussitôt de tout son long, il demande à être guéri. Le sorcier frappe alors quelques coups sur un timbre, il invite l'esprit céleste à s'asseoir devant le malade, comme un témoignage infaillible; il invite le grand esprit à descendre du ciel; il invite la déesse reine à venir devant le malade; il invite le grand général de l'occident avec la déesse sainte mère à se réunir pour un instant. Il prie le premier Bouddha *Adi*, ainsi que la déesse de la joie, de prendre leur place. Il prie la déesse grande maîtresse des cinq cœurs d'apaiser le cœur des cinq tigres, afin qu'ensemble ils se réunissent en paix. Il invite à sortir les mille chefs et les mille soldats; il invite les trois enfers *dong-din*, *xit* et *lan*; il invite enfin tous les démons à descendre ensemble en ce monde pour s'y amuser un instant. « Tout cela, dit-il, afin que je puisse évoquer le ciel par une conjuration en trois points, et que l'avalant quand elle sera écrite, tu sois par ma puissance en pleine santé, comme maintenant je te le dis sans mentir! » Le petit serviteur, se levant aussitôt, sortit de la maison du sorcier; il prit la conjuration du sorcier et se hâta d'aller la communiquer comme un remède efficace; il s'adressa au médecin *Tiêu-ngang*, le priant de considérer de quelle grande valeur était cette conjuration, certainement très-apte à guérir le malade. « Combien te reste-t-il dans ta bourse? demanda le médecin, car, tu le sais, tu as encore de l'argent à me donner. »—« Voilà que je demeure tout seul, dit le petit serviteur, je n'ai plus qu'à me vendre moi-même pour payer la guérison de cette maladie. » Le médecin apprit de la sorte que le petit serviteur n'avait plus rien; il chercha alors une ruse quelconque pour le renvoyer, lui ainsi que son maître. « Demeurer plus longtemps ici, leur dit-il, sera, je le crains, une grande inquiétude pour votre village, et d'ailleurs je crains que, s'il vous arrive quelque nouveau malheur, vous ne soyez dénués de toute ressource. »—« Dans ma bourse est la solitude, répondit le jeune serviteur; de la confiance naît la ruine, de la crédulité vient l'erreur; dernièrement, à cause de mon vif souci au sujet de la maladie de mon maître, j'ai dépensé cent ligatures; je suis vide et maigre, mes entrailles sont desséchées par la tristesse, je suis rempli de pitié pour mon maître, mais je n'ai plus d'argent et la maladie dure encore! Sans expérience, étranger dans ce pays, c'est ainsi que je me suis ruiné. Hélas! hélas! il faut bien que je fasse un effort pour que nous partions d'ici. Il me faudra demander l'aumône pour notre nourriture de chaque jour à mon maître et à moi. »—« Qui pourrait mesurer notre affliction? s'écria *Van-tiên;* jeune serviteur, désormais tu devras me conduire, il ne faut pas que cela nous effraye, nous affronterons dans notre chemin le vent et la pluie; mais quand un homme malheureux en rencontre un autre dans le désespoir, ils ne tardent pas à s'aimer. Combien de fois aurons-nous la misère pour aliment, la froide rosée pour lit, le ciel pour couverture, la terre pour natte, jamais en repos durant cette longue route! Si élevés que soient notre science ou nos talents, savons-nous la cause des changements du vent ou des mouvements de la mer? Déçus dans nos espérances, étrangers errant loin de notre patrie, savons-nous si quelqu'un peut avoir de l'affection pour nous; savons-nous si personne ne nous aime?» *Van-tiên* dit encore : «Je suis déjà très-fatigué par la marche; cherchons un endroit ombragé et un ruisseau pour y reposer nos pieds.» — «Encore un peu, dit le jeune serviteur, et nous serons hors de la forêt, nous pourrons chercher une auberge où nous serons heureux de goûter le repos; voilà que le soleil commence à se cacher derrière les montagnes de l'ouest.» Le maître et le serviteur arrivèrent ainsi au pied d'un arbre énorme.

Une troupe de jeunes lettrés s'en revenaient ensemble; *Hâm*, l'un d'eux, apercevant *Van-tiên*, s'approcha pour lui demander de ses nouvelles. «Frère, lui dit-il, voilà deux ans que tu n'es revenu ici, pourquoi ainsi malade es-tu couché en ce lieu?» — «Je n'ai pas eu de bonheur, répondit *Van-tiên;* j'ignore de quelle façon mes camarades ont passé leur examen.» — «*Tu-truc* a été nommé docteur, lui dit *Hâm*, *Bui-kiêm* et moi nous sommes licenciés. Je suis parti le premier pour aller saluer mes parents. Les deux autres ont encore beaucoup de choses à faire, ils ne viendront que plus tard. Mais pendant que tu es ainsi malheureux, il te faut venir avec moi; un homme en bonne santé ne doit jamais abandonner ceux qui souffrent. D'ici nous irons à *Dong-thanh;* malade comme tu es, tu ne pourrais faire une aussi longue route. Nous arriverons peu à peu vers la grande rivière, où nous trouverons une barque qui nous permettra de poursuivre ensemble notre route. »

Van-tiên répondit : « Quand le cœur se présente d'abord, l'amitié ne tarde pas à suivre; puisque déjà nous nous aimons, secourons-nous dans une occasion pareille. » — « Repose-toi ici, lui dit *Hâm;* et toi, petit serviteur, précède-moi et va dans la forêt, où nous allons chercher parmi les racines quelque précieux remède, afin de nous prémunir contre les accidents de la mer ou des fleuves, de la pluie ou du vent. » Le jeune serviteur part aussitôt, il est plein de bonne volonté, il ne craint ni les obstacles ni la fatigue. Mais un glaive de haine est au cœur de *Hâm*, il s'empare du jeune serviteur, il le lie à un arbre. « Je veux qu'un tigre te dévore, lui dit-il, et c'est pour nuire à *Van-tiên* que j'ai machiné la ruse que j'accomplis maintenant. » Cependant *Van-tiên* se laissait aller à ses réflexions, il attendait plein de sollicitude. *Tinh-hâm* revient et lui apprend qu'un tigre a dévoré le jeune serviteur. *Van-tiên* gémit à cette nouvelle, il se laisse aller par terre en pleurant. « Ô vous, profondeurs de la terre, s'écrie-t-il, esprits célestes du ciel uni, combien de temps encore me laisserez-vous errant en pays étranger? Un maître et son serviteur se soutenaient réciproquement, et maintenant voilà que tous les deux ont succombé, séparés l'un de l'autre. Qui allégera mes peines aujourd'hui, qui veillera sur moi?» — «Frère, lui dit *Hâm*, ne te trouble pas dans ton cœur; laisse-moi, je t'en prie, te conduire jusqu'à *Dong-thanh.* »

Van-tiên est en proie à la plus vive des douleurs. Cependant la voile a déjà reçu le vent, la barque file, elle disparaît. Le petit serviteur ne peut se défaire des liens qui le retiennent; il crie, mais c'est en vain, personne ne l'entend dans la forêt solitaire; il ne gémit pas sur lui-même, bien qu'il soit près de mourir, mais tellement il chérit son maître *Van-tiên*, qu'il frémit en le supposant descendu sur les bords du fleuve noir (mort). Immenses sont les craintes qui troublent son esprit. Sait-il si son maître est en pleine mer, ou exposé sur un fleuve, ou perdu dans les profondes broussailles? L'âme de *Van-tiên* n'est-elle pas peut-être déjà devenue spirituelle? Oh! combien il voudrait pouvoir aller lui-même l'assister dans l'autre monde! Ainsi il invoque le ciel, et ses larmes coulent abondamment.

Cependant la nuit se fait noire, le jeune homme s'appuie au pied de l'arbre, il s'endort; un tigre énorme s'approche de lui, il mord la corde, il brise les liens, et enlève le jeune homme, le couche sur le dos et s'en va. Le jeune homme s'éveille à moitié endormi, il voit sur la terre les traces du tigre, il a clairement connaissance de ce qui lui arrive. Demi-content, demi-triste, il a peur. Il s'aperçoit néanmoins qu'il doit quitter ce lieu et aller à la recherche de *Van-tiên*.

Le soleil commençait à s'élever au-dessus des toitures des maisons, déjà les marchands se rendaient en foule au marché de *Phiên*. « Madame l'hôtesse, dit le jeune serviteur, n'avez-vous pas vu hier des hommes sur la route ? » — « Hélas! dit l'hôtesse, le voyageur vient de mourir; le village, en ce moment, se réunit pour les funérailles. » Le jeune homme se dirige aussitôt vers le lieu indiqué; chacun se demande ce qui l'amène. « Je cherche mon maître, dit-il, je ne sais quel est l'homme que l'on va enterrer. » — « C'est un homme, lui dit-on, dont nous ignorons la demeure; errant sur la route, il est venu jusqu'ici. Son corps et la figure sont d'une beauté accomplie ; quelle que soit la cause de son malheur, il est certainement digne de pitié. »

Le jeune homme ne peut en demander davantage. Il se couche et se roule par terre en gémissant auprès du tombeau de son maître. Chacun à cette vue l'appelle et l'interroge; on veut l'amener dans le village, mais le jeune serviteur reste seul couché au milieu de la forêt solitaire. Sous un petit abri, il veille constamment la tombe de son maître; ses réflexions embrassent tous les côtés de sa vie. Seul, assis au pied d'un arbre immense, le matin il va mendier, le soir il offre le repas des morts. Son cœur excellent veut reconnaître la nourriture et le vêtement que son jeune maître lui a si généreusement donnés. Combien la vie est pleine de soucis! combien la mort lui serait préférable! C'est la mort qui donne la renommée.

Mais occupons-nous de *Van-tiên.*

Vers la cinquième veille de la nuit il était appuyé, gémissant, sur le bord de la barque; ses plaintes, plus amères que la plante *khê*, ne pouvaient être contenues; il était saisi de pitié au souvenir de l'infortune de son cher petit serviteur. Ignorant de ce qui se passe autour de lui, déjà sa barque est en pleine mer; *Van-tiên* gémit sur lui-même, sur son abandon, sur son abattement stupide.

Or, par cette nuit obscure, la mer était calme et unie comme une feuille de papier; la barque dérive à son gré, quelques étoiles se montrent à travers la brume d'une rosée abondante. *Hâm*, en ce moment, se saisit de *Van-tiên* et le jette au milieu des flots. Puis il interpelle le ciel, dans le but d'éveiller les bateliers et de leur faire part d'un accident malheureux.

Heureusement le soleil ne tarde pas à se lever; un vieux pêcheur aperçoit *Van-tiên*, il le retire aussitôt de la mer, il le porte à terre; il ordonne à son fils d'allumer du feu pour réchauffer le noyé; le pêcheur lui sèche le corps pendant que sa femme lui sèche le visage. *Van-tiên* recouvre la chaleur dans ses membres, il est étourdi dans son âme et son corps comme un homme nouvellement ivre. Ayant déjà compris qu'il lui fallait mourir noyé, il sent maintenant qu'il vit encore, il sait qu'il est encore un homme de ce monde. Le vieux pêcheur alors l'interroge. *Van-tiên* répond clairement sur tous les sujets. « Demeure avec nous, lui dit le pêcheur, aujourd'hui et demain (tous les jours); puisque tu es malheureux, réjouis-toi dans notre maison. »

« Comment pourrez-vous me nourrir? lui répondit *Van-tiên*, ne suis-je pas du reste exactement semblable au fruit trop mûr? Déjà flottant sur l'eau et à demi noyé, vous m'avez apporté ici, je ne puis reconnaître vos bienfaits, étant moi-même dénué de tout. » Le pêcheur dit : « Le cœur du vieillard ne demande rien, il s'incline pour faire le bien, mais il n'attend aucune récompense. La joie du cœur nous donne un calme pareil au plus beau clair de lune. Écoute mes paroles : Méprise la gloire du monde; heureux de vivre ici, le matin sur les promontoires de la mer, le soir dans ses nombreuses baies, voilà ma joie. Hier battu par le vent, en repos aujourd'hui, ainsi les jours s'écoulent doucement en paix. Tantôt jetant mes filets, tantôt étendant mes palanques, n'est-ce pas un plaisir de prendre aujourd'hui les poissons pour les mettre demain dans le vivier? Le monde entier ignore mes joies secrètes, n'ai-je pas dans la main plus que les arts libéraux? Libre sur la terre, plein de joie sous le ciel, je me réjouis le soir de mes courses du matin; c'est la pluie qui me baigne, c'est le vent qui me sèche sur la vaste mer de *Hàn-giang*. » Ce nom de *Hàn-giang* revient à la mémoire de *Van-tiên*, il demande si la demeure de *Vô-cong* est éloignée de ce lieu. « *Vô-cong* habite auprès d'ici, répond le pêcheur, trois coudes du fleuve nous séparent de sa maison. » — « Mes parents, dit *Van-tiên*, ont déjà pris parole pour mon mariage; est-il possible d'abandonner ce que l'on aime, est-il possible de ne pas aimer? Mari et femme sont la vraie raison, la vraie concorde. Si je parviens en ce lieu, si je trouve à m'y fixer, ma reconnaissance envers vous durera des centaines d'années; on ne s'abandonne pas pendant que l'on est dans le malheur; mais de quelle profonde gratitude ne doit-on pas payer celui qui vous a sauvé de la mort? Je vous en prie, conduisez-moi, afin que vos bontés soient complètes. » — « Tu as la véritable sagesse d'un gendre, lui répond le pêcheur; mais combien il est difficile au fil de pénétrer dans l'aiguille, combien il est difficile de voler à l'aile fatiguée de l'oiseau interdit, abattu, ne pouvant plus retrouver sa route! Je crains pour toi lorsque ton talon résonnera sous la varande. Ne te fie pas à cette ancienne demeure où l'on pourrait bien te tromper. Combien peu d'hommes, hélas! sont capables de demeurer fidèles! Aidez-vous de votre propre chapeau contre la chaleur, de votre propre manteau contre la pluie. Combien sont-ils qui savent réfléchir aux choses de ce monde? On oublie vite le pauvre malheureux; mais on se souvient du riche et du puissant. Trois espèces différentes de cheveux ont déjà poussé sur ma tête; j'ai eu le temps de réfléchir sur les choses de ce monde, j'ai beaucoup médité sur les hommes. » La conversation était terminée, le pêcheur n'avait pas encore conduit *Van-tiên* jusqu'au but. Cependant, le tenant par la main, il le mène devant la maison de *Vô-cong*. Celui-ci le voit, son cœur s'endurcit, il a honte, il craint surtout qu'on ne se moque de lui; il fait des efforts pour dire à *Van-tiên* un seul mot sur le passé. Au pêcheur qui a eu le mérite de lui conduire *Van-tiên*, il dit que plus tard il songera à la récompense. « Je ne me soucie pas de vos récompenses, reprend le pêcheur; ce que je demande, c'est de l'humanité et de l'affection, qui valent bien plus que l'or et l'argent. Je n'ai pas oublié que ma patrie est *Lu'-son;* là était jadis un pêcheur qui assista le jeune *Nga-vieng*, là aussi *Dinh-truong*, étant dans sa barque, vint au secours du général *Hang-vo* et lui fit traverser la rivière *O-giang*. Ainsi tous autrefois ont su avoir pitié des malheureux; comment pourrais-je donc ne pas les suivre sur la voie de l'humanité? c'est là une parole précise et certaine. » Le pêcheur, à ces mots, salue *Vô-cong* et s'en retourne à sa barque. *Vô-cong* voit ce qu'il a fait, il est piqué (de honte); il se décide alors à s'ouvrir une voie et un moyen. « *Van-tiên*, dit-il, assieds-toi là, pendant que je me retire afin de penser sur ce qu'il y a à faire. Ô mère! ô *Quinh-thang*, mon épouse, réfléchis en toi-même au sujet de notre fille *Phi-lan;* selon son désir nous pourrons prendre une décision. Il ne convient pas de contrarier sa femme, il n'est pas raisonnable de contraindre sa fille. » *Phi-lan* leur dit: « Mon talon est rouge et semblable au vermillon, je n'ai pas souffert jusqu'ici qu'il fût souillé dans la boue; qui donc voudrait mettre dans le même vase un nymphéa avec une plante grimpante, qui voudrait comparer le limon à la grenade? Plutôt toute ma vie être seule! Allez-vous comparer une perle de mon espèce avec un grossier paysan? » — « Combien tu serais à plaindre, ma chère petite lettrée, lui dit sa mère; quel gendre, fi donc! avoir un gendre aveugle! Les oreilles entendent clairement ce qui se dit de tous côtés; on sait que *Vuong-tu-truc* a réussi à l'examen, il est licencié; si nous voulons établir union avec lui, les *Vuong* et les *Vo* feront une seule famille; c'est là une chose excellente. » — « Je veux entièrement suivre cet avis, dit le père; mais il faut trouver le moyen de rompre complètement avec *Van-tiên.* » — « Dans la montagne de *Thuong-ton*, reprend sa femme, est un antre obscur et profond, il est difficile d'en sortir. *Dong-thanh* (la patrie de *Van-tiên*) est éloigné d'ici de mille *li* encore; portons-le donc dans l'antre, et nous l'y abandonnerons sans que personne le sache. » Déjà la lune était stationnaire au-dessus de la tête, *Van-tiên* était assis, gémissant, sur le devant de la porte. *Vô-cong* en sort, il s'adresse au jeune homme : « Descends dans la barque, lui dit-il, afin que l'on te conduise à *Dong-thanh.* »

A la troisième veille *Vô-cong* sortit de la barque et conduisit *Van-tiên* dans la caverne obscure, où il l'abandonna de bon cœur; puis, remontant à petit bruit, il s'embarqua de nouveau et rama avec force pour s'éloigner.

Van-tiên dit : « Frère, où me conduis-tu ? Je t'en prie, arrivons, et alors je pourrai reconnaître mon pays ; son souvenir est si bien gravé dans mon cœur ! Je l'ai quitté une fois seulement, une fois j'en suis sorti ; mais pendant mille ans je ne saurais l'oublier. »

Partout le silence écoute la voix de *Van-tiên*, dans cette grotte obscure entièrement recouverte de pierres. *Van-tiên* est alors frappé de terreur, il réfléchit, il apprend pour la première fois combien *Vô-cong* le hait. Il rit de mépris en voyant combien la fortune le trompe, combien le fil (de sa destinée) est embrouillé ; il apprend la vanité de l'affection ; ses réflexions sont terminées, son malheur est au comble. Récemment échappé à la mer, le voilà maintenant au fond d'une caverne. Rempli de tristesse, habile à la porter avec lui ; sauvé du filet du lièvre pour tomber dans la fosse du cerf. Seul abandonné dans cet antre pour toujours, s'il voulait sortir, qui serait là pour le conduire ? Deux ruisseaux de larmes tombent à ses pieds. « Mon corps, hélas ! ne pourra plus jouir de la vie, il est déjà content de quitter les coutumes des hommes. » *Van-tiên* s'appuie sur une pierre plate et unie ; la nuit est noire, le vent gémit par l'ouverture de l'antre, la rosée tombe, une pluie fine tombe par gouttes froides. A la cinquième veille il souffre d'une grande soif ; il se souvient alors des trois pilules de l'hôte pour soutenir sa vie. Cependant l'ange *Du* le voit, il en est ému de pitié ; il pense en lui-même qu'il a un médicament préservatif de la mort ; il apprend que ce jeune homme est *Luc-van-tiên;* il va aussitôt pour le conduire hors de la caverne, il le mène au dehors; à la distance d'un *li*, au pied d'un arbre immense, il laisse *Van-tiên.* Le soleil venait de se lever, l'ange *Du* retourne à la montagne.

Van-tiên dormait encore d'un profond sommeil; un bûcheron ayant son riz pour la journée tout préparé et enveloppé, de bonne heure portant sa hache, s'en allait à travers la forêt. Habitué à la route qui mène au grand arbre, il entend auprès une voix qui gémit. «Qu'est-ce, dit-il, est-ce un monstre ou un homme?» Ce bruit dans la forêt inquiète le cœur du bûcheron, il s'arrête, il redoute quelque événement funeste. Cependant il se décide et dirige ses pas du côté d'où partait la plainte; c'était vraiment un jeune homme plongé dans l'infortune. Le bûcheron élève aussitôt la voix, il l'interroge : «Pourquoi, dit-il, tombé de la sorte dans le malheur, pourquoi la fortune vous est-elle aussi fatale?» *Van-tiên* entend ces paroles, il s'en réjouit, il fait les plus grands efforts pour se lever, il raconte ce qui a eu lieu. Le bûcheron entend sa longue histoire, il réfléchit sur ces choses, il branle la tête, il se recule un peu : «Un homme riche, dit-il, est semblable à un dessin de fleurs variées, le malheureux reste seul au milieu du marché, personne ne s'intéresse à lui.» *Van-tiên* entend ces réflexions, il les comprend très-bien. Ces deux personnes honnêtes connaissent également la sincérité. *Van-tiên* espère que cet homme de si grand bien le sauvera cette fois, et sa reconnaissance égalera la haute montagne *Thai*. Après une si longue absence, s'il peut revenir à *Dong-thanh*, combien il sera doux à son cœur de rendre grâces pour une œuvre aussi pénible! « Assez, assez, dit le bûcheron, rendons service, mais ne désirons pas que les hommes nous en remercient. Le vieillard a sincèrement pitié du jeune homme. Allons! allons! le vieillard va vous conduire par la main jusqu'à la maison. »

Van-tiên dit : « Je souffre cruellement en moi-même, voilà six jours que je n'ai mangé un grain de riz, cela augmente ma faiblesse déjà si grande. Je voudrais pouvoir vous suivre, mais je ne le puis. » Le bûcheron, mettant alors son chapeau par terre, place dessus tout ouvert son paquet de riz, ainsi qu'un poisson salé; il invite alors *Van-tiên* à manger selon son désir. Le vieillard fit ensuite ses efforts pour porter *Van-tiên* sur ses épaules jusqu'à la maison.

Il sortit de la forêt et se dirigea vers la route; un heureux hasard voulut qu'il fît la rencontre du jeune homme nommé *Ân-minh*. Le bûcheron, hâtant le pas, alla au-devant de lui, et *Ân-minh* demanda de quoi il s'agissait. Cependant *Van-tiên* entend les paroles de son ami; très-heureux de l'avoir rencontré, il craint de s'être trompé. *Minh* dit : « Oserai-je interroger mon frère aîné? pour quelle cause sa personne est-elle suppliciée de la sorte? » — « Hélas! répond *Van-tiên*, j'ai eu à supporter des misères sans nombre. Ce corps est semblable à un arbre emporté par le courant de l'eau; il est ballotté, le vent le pousse, le flot le secoue; aujourd'hui ici, demain

4.

là, toujours la misère, toujours des malheurs. » — *Minh* dit : « Ce que tu dis est pénible à entendre; je t'en prie, entrons dans la pagode afin d'y tenir conseil. » — « Je ne pourrai m'arrêter plus longtemps, dit alors le bûcheron, mon métier est d'aller dans la forêt, d'y faire du bois, ou bien de vendre des nattes au marché de *Phiên.* » *Minh* s'agenouille, il salue le vieillard, il le remercie d'avoir sauvé *Van-tiên*, son ami. « Voilà que j'ai sur moi deux onces d'argent, je vous prie de les accepter comme une légère marque d'affection. » Le bûcheron dit aussitôt : « Le vieillard n'aura pas le front de les prendre; seul et à ma guise je vais chaque jour sur la montagne; mon cœur et ma conscience ne me demandent rien ; le bois à brûler que j'abats dans la forêt suffit amplement à ma nourriture. La montagne est là, l'eau s'en échappe librement, la lune est brillante, le vent est doux, j'ai lié amitié avec le cerf et le daim. Que les autres à leur guise recherchent la richesse ou les dignités, qu'ils se défient dans les lettres ou dans les armes, qu'ils s'ornent l'esprit pour acquérir de la réputation. Vous deux, jeunes gens encore dans l'adolescence, vous avez assez d'or et d'argent si vous avez de quoi suffire aux besoins de la vie. »

Van-tiên pleurait abondamment, il ne pouvait payer cette dette de reconnaissance, il lui était difficile à lui et à *Minh* de s'exprimer à ce sujet. Il demande les noms et les prénoms afin de pouvoir plus tard reconnaître les services du bûcheron. Mais celui-ci s'en retourne à la forêt; il s'en retourne à son ancienne profession, lui, le plus sincère des hommes.

Tiên et *Minh* s'en vont alors, comme deux frères; ils entrent dans la pagode pour y causer; ils gémissent ensemble comme l'écume de l'eau des montagnes. « Combien peu de gens, disent-ils, sont capables d'affection, capables d'humanité! » Chaque jour cependant *Minh* soigne assidûment *Van-tiên* et lui prépare des remèdes; on ne peut savoir combien de fois les accès de sa maladie se répétèrent.

« Es-tu allé à l'examen, demanda *Van-tiên* à son ami, pourquoi donc demeures-tu ici, qu'y fais-tu? » — « Déjà, répondit *Minh*, je suis allé à l'examen; nous nous rencontrâmes à la pagode *Vo*, quand tu me dis que tu irais tout seul; tu allas alors visiter tes parents; moi je pris mes livres sur les épaules et je partis le premier pour la capitale. J'arrivai ainsi au *huyên* [1] de *Loang-linh;* je rencontrai le fils du *quan huyên* [2], il se nommait *Hiêu-sinh*, il était riche et noble, habitué à la dissipation. Nous vîmes une jolie fille traversant la route, et aussitôt il l'enleva; transporté de colère contre lui, je le terrassai et lui cassai la jambe. Agissant ainsi selon ma propre volonté, ne pouvant supporter la censure de personne, je me liai les mains à moi-même et me livrai au *quan huyên*, qui me condamna à être exilé au territoire de *Sot-phuong*. Cependant je me sauvai de la prison, et, cherchant ma route, je vins ici; heureusement j'y trouvai cette pagode, et, gardant le

[1] Sous-préfecture. — [2] Sous-préfet.

silence, cachant mes traces, depuis cette époque, c'est ici que je demeure. »

Van-tiên entend cela, il gémit. « Tout ce que tu me dis me fait beaucoup de peine, » dit-il à *Minh*.

Minh à son tour est ému dans son cœur, de ses yeux coulent des larmes comme d'un vase renversé. *Tiên* dit: « Je pense à mon père, il est âgé, il supporte bien des chagrins; comme le sec soupire après la pluie, ainsi il soupire après son fils; et moi maintenant je ne sais plus dans quel pays je suis à errer; je sens comme une douleur qui me tire les entrailles; combien de fois ai-je rencontré le haut, le profond ou le droit (j'ignore tout, je suis stupide de douleur)! »

Minh dit : « Parmi les hommes qui habitent ce monde, il y en a de riches et d'heureux; il y en a aussi dont la part est la misère; pour nous, nous sommes semblables à l'or, qui, d'abord sale et recouvert de cendres, voit augmenter ses brillantes couleurs à mesure que le feu est d'un rouge plus vif. Assez, assez, ne te hâte pas; demeure ici, repose-toi sur moi, nous chercherons les remèdes les plus convenables; quand tes misères présentes (maladies) en seront à la fin, nous penserons ensemble à trouver la voie de la renommée, et nous serons à temps encore à en faire la rencontre. Pour moi, je veux devenir aussi célèbre que *Guong-tu'*, aussi puissant que lui dans le monde. Être malheureux, c'est un sort du ciel, on ne peut en sortir bien vite; on ne peut changer complétement sa fortune. »

Van-tiên commençait à sentir un peu de paix

dans son cœur; il demeurait dans la pagode avec son ami *Ân-minh*.

Cependant *Vô-cong*, habitué à mentir, avait brisé l'affection de *Luc* (*Van-tiên*), il voulait conquérir celle de *Vuong*, il comptait sur la caverne profonde pour détruire le jeune homme.

Quant à la jeune *Phi-lan*, elle était très-gaie. Sa joie augmentait chaque jour; chaque jour elle se parait, ne songeait qu'à sa toilette, dans la prévision de rencontrer les jolis garçons, de s'arrêter ou de s'asseoir avec eux.

Aussitôt que *Tu-truc* fut de retour, il entra dans la maison de *Vô-cong* et se mit à plaindre *Van-tiên*. *Vô-cong* dit : «Ne me demandez pas des nouvelles de *Van-tiên*, déjà auparavant il a été très-malade, il est descendu au fleuve noir (mort). Combien je plains ce jeune homme qui a cessé de vivre en ce monde, quand la déesse de l'hymen avait pour lui tressé le fil rouge!» *Tu-truc*, à ces paroles, fut très-ému dans son cœur; deux ruisseaux, semblables à la pluie, coulèrent de ses yeux; il dit en gémissant : «Maintenant, je me rappelle cette âme d'autrefois; l'amitié nous avait déjà liés; notre affection ne peut être ainsi rompue. Ô ciel! pourquoi permets-tu la perte des savants et des bons? Il n'avait pas encore clairement rédigé ses tablettes d'examen, et si jeune, il n'est plus! Ensemble encore nous n'étions pas arrivés à l'amitié parfaite; aujourd'hui qu'il est mort, qu'ai-je à faire désormais? En ce monde, hélas! combien de pas incertains! combien peu d'hommes ont la même doctrine (raison)! combien peu le même cœur! »

« Et moi aussi, dit *Vô-cong*, je gémis, je pense à ma jeune fille dont le lien conjugal est désormais rompu. Assez, assez, veuillez cesser vos plaintes; ici même, nous pouvons trouver un excellent moyen (de tout arranger). Venez ici, demeurez en ce lieu, avec ma fille, vous ne ferez qu'une seule maison. Nous aviserons au matin et au soir, nous penserons à tout, nous vous considérerons, *Tu-truc*, comme si vous étiez *Van-tiên.* »

Truc répondit : « La honte de mon visage est extrême; mon frère aîné a autrefois lié avec moi le nœud de l'amitié; la femme de *Van-tiên* est raisonnablement ma belle-sœur. Une belle-sœur épouser un frère d'amitié, n'est-ce pas violer la justice? Je ne sais vraiment dans quel livre vous avez étudié; vous dites beaucoup de paroles extraordinaires, pénibles à entendre. Auriez-vous appris les coutumes de la nation *Tê*, où l'épouse de *Tu-liêu* s'en alla avec *Hon-cong*, ou bien celles du pays de *Dang-cung*, où la femme de *Sao-sach* fut mariée à *Thê-dân?* Faut-il que les personnes fassent ici comme au pays de *Tân*, où l'épouse de *Lu-bat* alla secrètement chez le roi *Di-nhan?* La pierre et l'or sont deux choses bien différentes; mais si l'eau ne les purifie, nul ne pourra les distinguer. »

Vô-cong n'aurait pu que difficilement se contraindre à parler; il voit que *Tu-truc* ne sourit point à son désir. *Phi-lan* entre alors; elle se présente à la porte;

sa bouche interroge le licencié sur son récent retour de l'examen. La jeune fille ne sait pas conserver intacte la parole du serment; elle ne sait plus préparer la boîte à bétel, ni présenter le linge pour s'essuyer les lèvres (elle est incapable de remplir les devoirs d'une femme légitime). Elle paraît accablée; son cœur est semblable à celui du lièvre quand il attend le clair de lune; la nuit se fait, il a peur et s'arrête; la lune brille, alors il prend ses ébats (elle affecte une grande sollicitude). Elle ne veut pas sourire; elle semble même ennuyée; elle affecte de ne pas dire une parole; elle ne veut pas même faire attention (jeu de coquetterie). *Tu-truc* dit : « Lorsque autrefois *Lu'-phung-tiên* était décidé à ne pas s'éloigner des coutumes, la veuve *Diu-tieng* voulut cependant le séduire et le tromper, bien que la tombe de son époux fût couverte d'herbe encore fraîche. Et de quel cœur l'homme pourrait-il se permettre une aussi grossière inconvenance? est-ce que la honte n'en demeurerait pas sur tout le genre humain? Les différents animaux n'agissent pas différemment. *Van-tiên*, ô mon frère! ô mon ami! du fleuve jaune où tu es en ce moment, as-tu connaissance d'une pareille violation de la justice? » Cela dit, il essuya ses larmes de sa main et se retira. De retour chez lui il fit ses préparatifs pour se rendre à *Dong-thanh*.

Cependant *Vô-cong*, extrêmement confus de honte, tomba gravement malade, et, perdant ses forces, au bout de cinq jours il expira. Sa fille *Phi-lan* se retira avec sa mère dans l'intérieur de la maison, et, fermant les portes, elles restèrent dans le deuil.....

Passons maintenant à *Nguyet-nga.*

Dans le *phu* de *Ha-kê* elle suivit son père pour étudier et s'instruire; *Kiêu-công* (son père) fut bientôt élevé à la dignité de gouverneur. Il allait exercer la haute magistrature sur le peuple de *Dong-thanh;* il fit paraître une proclamation qu'il envoya de tous côtés, demandant des informations sur le nommé *Luc* (*Van-tiên*), afin de savoir où il demeurait. Il dépêcha des soldats de son tribunal pour porter une lettre d'invitation au père de *Van-tiên*. Celui-ci ne tarda pas à se rendre devant le haut mandarin, qui l'interrogea sur son fils. Le vieux *Luc*, à ce souvenir, pleura en gémissant et répondit : « J'ai su par la voix publique que mon fils, très-malade, a expiré au milieu de son voyage; depuis cette époque, je n'ai aucune nouvelle de lui. Le mandarin, en entendant ces paroles, fut pris de pitié, il sentit la tristesse monter dans son cœur; il se retira dans ses appartements intérieurs afin de répéter à sa fille *Nguyet-nga* ce que le père de *Van-tiên* venait de lui raconter. Ainsi était perdue la beauté de sa fille; de même qu'une fleur abandonnée sur l'eau est jetée au rivage, ainsi est brisé son destin. Gémissant sur sa misère, sur ce lien rompu avant qu'ils aient pu se rencontrer, elle dit : « Je parlerai très-sincèrement à mon père, je le prie d'inviter le vieux *Luc* à entrer dans ces appartements. » Cela dit, elle se lève, et se tenant dans un coin de la chambre, ses mains embrassent l'image de *Van-tiên*, pendant que ses larmes coulent comme la pluie. *Kiêu-công* dit : « Voilà l'ancienne image ; *Nguyet-nga*, ma fille, il convient que tu l'apportes ici pour que le vieux *Luc* puisse la contempler. » Alors ils s'entretinrent ensemble sur les choses passées et futures, et, lorsque le vieux *Luc* apprit cette affection de son fils, il plaignit encore plus sa déplorable fortune ; il le plaignit à cause de cette parole devenue vaine qui les liait ensemble.

C'est un coup de tonnerre qui a brisé tous les liens de l'affection. Cependant les plaintes de *Nguyet-nga* augmentent la douleur du vieux *Luc*. Il cherche lui-même des paroles de consolation. « Celui que vous avez fortuitement rencontré, dit-il, pour votre chagrin, était un homme de ce monde, il a passé comme la fleur *phù-du* (sorte de tournesol). Le matin il était, le soir il était perdu ; il a été déçu dans son espoir et dans ses mérites. Jamais encore, ajoutait le vieillard, ils ne s'étaient assis ni reposés à côté l'un de l'autre ; jamais encore leur affection n'avait pu être celle d'époux et d'épouse. Comme un cheval passe avec rapidité, ainsi a passé cette affection. Rejetez, je vous prie, ces pensées qui mettent la tristesse sur votre visage de fleur. »

La jeune fille dit : « Déjà auparavant mes vœux furent complets ; la main se cache dans les cheveux, mais on peut voir clairement dans le cœur. » — « Donnons une légère marque de fidélité à cette ancienne affection, » dit le mandarin. Il fait alors apporter de belles étoffes brodées et des crépons pour les offrir au vieillard; mais celui-ci salue et demande à se retirer. «Je n'oserai jamais, dit-il, accepter le moindre cadeau. Je pense à la mort de mon fils! Hélas! je sais maintenant ce que représente cette image; maintenant je revois ici mon fils. Mon cœur se souvient, il est ému, ma douleur augmente; je lève mes regards au ciel, je contemple le ciel élevé, la terre immense; hélas! est-il raisonnable que le roseau soit encore debout quand son rejeton n'est plus?»

Le vieux *Luc* alors se retira; *Kiêu-cong* ordonna à quelques-uns de ses serviteurs de le reconduire. Cependant *Nguyêt-nga* était dangereusement malade, sans cesse elle gémissait; inondée de larmes, ses habits eux-mêmes en étaient humectés. Elle se rappelait le serment tenu par elle au milieu de la route. La cause de cette pitié qui l'émeut lui semble inépuisable, son chagrin et sa tristesse augmentent. «J'ai déjà si longtemps attendu, pensait-elle, hélas! il eût été meilleur pour moi de ne pas le rencontrer, je ne serais pas ainsi dans les larmes. Nous nous connaissions depuis bien peu de temps, et voilà qu'un de nous est encore quand l'autre n'est plus. Ciel, tu permets cela, ô ciel! à peine autrefois avons-nous échangé quelques paroles. Je t'aime, jeune héros, jamais tu ne sortiras de ma mémoire; je souffre à cause de toi, jeune savant. Instruit dans les lettres, maître dans les arts militaires, à qui pourrait-on le comparer? Oh! je le plains, lui si cé lèbre dans l'étude des livres, lui qui en tous lieux eût pu être mandarin et lettré; je le plains parce que, à peine âgé de vingt-quatre ans, il a passé dans ce monde comme l'ombre qui s'efface en nous décevant; je le plains parce qu'il n'était pas encore parvenu à la gloire. Ses facultés brillantes ont coulé comme l'eau; comme une fleur a passé sa réputation. Je suis émue de pitié parce que tous deux nous n'avons pu former un couple, et maintenant, qui gardera dans l'avenir le vase d'eau et le brûle-parfum[1]? »

Une nuit entière elle ne put arrêter ses larmes; les yeux fixés sur l'image de *Van-tiên*, elle sentait ses entrailles se déchirer. Seule en ce monde, elle ne pourra plus se rapprocher de lui; la demeure des morts seule sait si elle pourra les unir de nouveau. *Kiêu-cong* s'éveille, il se lève et il sort de chez lui; il entend les plaintes de sa fille, son cœur en est profondément ému. « Ma fille, dit-il, ne t'attriste pas à l'excès; songe que la mort a toujours été le sort commun. Peut-on empêcher les cordes d'une lyre de se rompre, faut-il s'étonner beaucoup quand se brise la meilleure machine? » Sa fille lui dit : « Mon amour et ma plainte n'ont pas de fin; celui qui porte un fardeau sur la route prévoit-il la rupture du fléau[2] qu'il a sur l'épaule?

[1] Ustensiles employés dans les sacrifices aux ancêtres. Le dernier degré de la douleur de *Nguyet-nga*, c'est la pensée du célibat auquel elle est désormais condamnée. Elle mourra donc sans enfants, et personne ne sacrifiera à ses mânes, après sa mort.

[2] Les Annamites portent les fardeaux suspendus aux deux bouts

Un lit renversé, un oreiller par terre, voilà ma destinée; mais, cent ans et plus, je serai fidèle à mon serment. Comme sur un ruisseau limpide, j'avais été portée au-devant de celui que j'aime. Seule, aujourd'hui, je suis en ce monde, je ne demande plus qu'à adorer cette image ma vie entière, cela me suffit. »

Kiêu-cong, son père, s'affligeait beaucoup; il voyait sa fille ainsi veuve pour la vie.

Or il y avait un homme de haute puissance, mandarin élevé, occupant à la cour une grande charge de conseiller du roi; il entendit parler de la fille de *Kiêu-cong*, il apprit qu'elle était âgée de seize ans, et non encore mariée; il eut donc l'intention de devenir son époux et envoya pour cela un négociateur afin de s'entendre au sujet de cette union. Cependant le père de la jeune *Nguyet-nga* fit répondre à la famille du haut mandarin qu'il ne pouvait prendre sur lui de contraindre sa fille malgré elle.

Le conseiller du roi était un homme qui ne savait nullement se contenir; il conserva cette réponse en lui-même afin de se venger, et toujours il pensait et réfléchissait à sa vengeance.

Vers cette époque éclata une grande révolte chez les barbares de *O-qua*. On dut envoyer une armée pour réduire les rebelles et les attaquer dans le fort de *Fong-quan*. .

d'un fléau dont le milieu est placé sur l'épaule. Ces fléaux, faits d'un bois léger et très-solide, résistent à de grands poids.

Cependant le roi *Sho-vuong*, éprouvant de sérieuses craintes, réunit en conseil ses mandarins; chacun émit son avis sur les moyens d'affermir la sécurité du royaume et de rendre au peuple la paix et la tranquillité.

Le conseiller royal, qui voulait si injustement se venger pour des motifs personnels, mit genou à terre et adressa au roi les paroles suivantes :

« Les barbares nous sont depuis longtemps hostiles, uniquement à cause de leur ardent désir pour les filles de notre pays. Si votre majesté veut faire cesser la guerre chez les gens de *Ô-qua*, il faut leur faire conduire une fille jeune et jolie dont la présence amènera certainement la paix. *Nguyet-nga*, la fille de *Kiêu-cong*, est âgée d'environ seize ans; elle n'est point encore mariée; c'est une charmante personne, d'une beauté accomplie; il faut ajouter à ses charmes les qualités de son cœur, ainsi que son savoir et sa remarquable élocution.

« Que Votre Majesté fasse conduire cette jeune fille au pays de *Ô-qua*, et *Phiên*, le roi barbare, en sera si heureux dans son cœur qu'il cessera aussitôt les hostilités. »

Le roi *Sho-vuong*, en entendant ces paroles, se réjouit beaucoup; aussitôt il signe lui-même un ordre et le fait remettre à un envoyé qui doit le porter à *Dong-thanh;* c'était un rescrit royal pour la fille de *Kiêu-cong*. Ce rescrit portait : « Nous connaissons depuis longtemps votre zèle et votre dévouement aux intérêts du royaume; or vous avez une fille, *Nguyet-nga*, qui est maintenant une personne accomplie. Nous vous faisons donc savoir que nous avons choisi le vingtième jour du neuvième mois pour l'envoyer en présent chez les barbares. »

Deux jours durant, le malheureux *Kiêu-cong* n'ose dire un mot à sa fille. Elle, de son côté, était absorbée dans ses souvenirs. Son père a cependant reçu l'ordre royal qui la destine à être offerte en tribut.

Les veilles de la nuit passent sans qu'il puisse trouver le sommeil; son inquiétude augmente; il se lève à chaque instant; son cœur est affaissé; toute gaieté a disparu; il sort de chez lui la chevelure en désordre; il s'assied pour réfléchir sur ses malheurs. Il pense à la jeune *Kiên-quan*, qui, elle aussi, fut autrefois offerte en tribut à *Phiên*, le roi barbare. Il pense également à la jeune *Han-nguon*, qui, victime d'une vengeance, éprouva le même sort.

Ces deux jeunes filles furent contraintes de partir. Mais *Kiên-quan* chercha la mort dans le fleuve *Ha;* elle aimait un prince de la maison des *Han*. Mourir en un instant lui sembla préférable. *Hannguon* disparut dans l'étang de *Lin :* elle aimait le jeune *Luong-ngoc :* elle voulait le suivre intacte et pure..............................

Le voilà donc venu le temps de la mauvaise fortune! *Nguyet-nga*, ayant fait un vœu devant l'image, se voue tout entière à *Van-tiên*, à l'affection d'épouse et d'époux. Et cependant elle aime aussi son souverain.

Si son amour porte sur un sujet éloigné (*Van-tiên*), la fidélité envers le roi la presse actuellement : elle ne doit pas la négliger. Ces deux soucis lui paraissent bien lourds, bien pénibles : obéir entièrement aux ordres de son roi, sauvegarder son amour.

« Pourquoi, hélas! disait-elle, pourquoi ne pas être morte; tout serait fini! Je donnerais certes ma vie au roi, mais mon amour appartient à mon mari. »

Le vieux *Kiêu-cong* sent augmenter sa tristesse en son cœur; il entend sa fille gémir; combien en devient plus poignante sa douleur de père! Il appelle sa fille, l'engage à s'asseoir auprès de lui au-devant de la porte. Il prend la parole afin de l'instruire avec douceur sur l'intégrité de sa renommée si pure. Il ne s'agit pas moins que d'un ordre de la cour; quel père cependant voudrait contraindre l'affection de son enfant?

Sa fille lui dit : « Pouvez-vous encore me compter parmi vos enfants! ignorante sur mon sort, je m'inquiète peu de la vie ou de la mort. J'ai pitié de vous, mon père, à cause de votre grand âge; je redoute pour vous les maux et les afflictions qui peuvent surgir à l'improviste, car la vieillesse se couche comme la branche du mûrier quand l'ombre incline. Le matin, il faut veiller et prendre soin, le soir de même. Hélas! qui assistera mon père? »

« Ne t'inquiète pas au sujet des soins domestiques, lui dit son père; chère fille, mets ton cœur en paix afin de te rendre en ce pays où il te faut aller. C'est aujourd'hui déjà le dixième jour du mois, tu dois penser à tes préparatifs; c'est le vingt qu'il faut te mettre en route. »

« J'accepte volontiers mon destin, dit *Nguyet-nga;* deux mots encore me causent de la sollicitude; ce sont : reconnaissance et amour. Je vous prie, mon père, de me laisser aller chez le vieux *Luc*, le père de *Van-tiên*, afin que, pendant sept jours complets, j'honore la mémoire de mon mari; ainsi je tâcherai de reconnaître son affection et la gratitude qui lui sont dues; alors, lorsque plus tard je descendrai à mon tour sur les bords du grand fleuve, je serai digne de me réunir à lui. »

Kiêu-cong réfléchit profondément sur toutes choses; il donne de l'argent à sa fille et charge des serviteurs de l'accompagner. . . . .

Le vieux *Luc* sortit pour recevoir la jeune fille; *Nguyet-nga* entra dans la maison; de ses mains elle prépara un autel aux mânes des ancêtres.

Ayant choisi le jour le plus favorable aux sacrifices, elle jeûna et s'étendit sur la terre afin de prier pour son époux *Van-tiên*. Alors, découvrant son image, elle la suspendit au-dessus de l'autel.

Dans la maison se réunirent les voisins, émus de pitié. *Nguyet-nga*, poussant des exclamations, s'écriait dans sa douleur : « *Van-tiên*, ô mon frère, des bords du grand fleuve, où tu habites, sais-tu que je suis ici? »

Pendant sept jours accomplis, elle jeûna et honora de la sorte la mémoire de *Van-tiên*. Elle présente alors l'or et l'argent, elle en fait hommage au vieux *Luc*, au père de *Van-tiên*. Ce qu'elle désire uniquement, c'est son mari; mais elle ne peut le rencontrer; elle se résigne à cette triste condition : visage de rose et pas d'époux !

Cependant s'approche l'époque où la jeune fille doit se rendre au pays du barbare *Phiên;* elle s'affermit dans son cœur; elle est résolue de descendre dans l'autre monde pour y trouver *Van-tiên*. Bien qu'elle ne soit pas encore mariée, le vieux *Luc* l'appelle sa belle-fille.

Nguyet-nga s'inquiète au sujet des affaires du royaume; elle n'a pas moins de soucis pour ce qui regarde sa famille. Ne faire qu'un pas en un seul jour, n'est-ce pas encore s'éloigner beaucoup ?

Tout ce qu'elle possède, elle le laisse à son père pour sa vieillesse; pendant qu'elle le salue, ses yeux versent d'abondantes larmes : à plusieurs reprises elle le remercie de ses bontés; elle s'incline devant lui en se retirant. . . . .

Cependant chaque mandarin est assis sur son char; cinquante jeunes filles sont prêtes à l'accompagner; le vingtième jour prescrit est déjà arrivé; les mandarins l'escortent; ils la conduisent jusqu'au bateau qui doit l'emmener.

Nguyet-nga aussitôt ordonne à *Kim-liên*, sa suivante, d'aller inviter son père à descendre dans la barque pour visiter sa fille qui part pour le pays des *Ô-qua*. Elle est résignée à ce destin, de n'avoir qu'une tombe en ce pays barbare. Ils vont, hélas, se séparer, l'un dans le sud et l'autre dans le nord. *Nguyet-nga* prie son père; elle lui recommande de ne pas oublier ce seul mot : consolation. . . . .

Le vent souffle doucement sur la cime des arbres. Serait-ce déjà l'âme de la jeune fille qui revient visiter ses parents! Les larmes coulent abondamment des yeux de *Kiêu-cong*. Les mandarins entendent leurs plaintes; ils sont tous émus de pitié.

Il n'y a certainement qu'une affaire d'État qui peut de la sorte séparer le père de sa fille. . . . .

Cependant on hisse les voiles : la barque aussitôt prend le large; les mandarins ne cessent d'avoir les yeux sur elle.

Au bout de dix jours, la barque est sur le point de parvenir au fort de *Ai-quan*. Dans l'obscurité profonde elle est secouée sur les vagues de l'immense rivière : jusque-là les nuits s'étaient succédé semblables l'une à l'autre.

Mais voilà que la lune est dans toute sa clarté, à peine distingue-t-on la lumières des étoiles; le ciel est calme et silencieux, l'eau est unie comme la page d'un livre. *Nguyet-nga* songe à ses malheurs, à ses vœux non accomplis; gémissant, elle dit : « Ici l'eau, là-bas les montagnes; personne ne demeure en ces lieux; qui pourrait les habiter? ». . . . .

Les soldats qui formaient l'escorte sur la barque étaient depuis longtemps endormis; la jeune fille, embrassant la chère image, inquiète, s'assied sur le bord. La lune répandait sa lumière sur les vastes espaces silencieux. « Éternellement, toujours, gémissait *Nguyet-nga*, toujours je te conserverai une affection semblable à celle d'aujourd'hui; *Van-tiên*, ô mon frère, m'entends-tu? moi, pauvre fille, je n'aurai jamais qu'un cœur : il te sera sincèrement dévoué. »

Ayant ainsi proféré ces plaintes, elle place l'image sur son sein; un instant elle regarde couler l'eau, puis avec précipitation elle s'y jette.

Kim-liên, sa suivante, s'éveille de son sommeil; en un instant elle sait tout; les soldats se concertent avec elle sur le parti qu'il reste à prendre. Ensemble et à voix basse ils tiennent conseil, ils délibèrent en silence afin que cet événement demeure inconnu, car c'est là un fait grave qui intéresse un ordre donné par le roi lui-même.

Si le général qui est à bord vient à apprendre cet événement, peut-être pour les punir mettra-t-il les soldats à mort; c'est pourquoi, dans le plus grand secret, ils veulent accomplir cette entreprise difficile.

Kim-liên est mise à la place de *Nguyet-nga*, sa maîtresse; frauduleusement on la conduit au pays de *Ô-qua;* cherche-t-on jamais un ver sous un tas de feuilles? (Le stratagème réussit sans difficultés.) Ainsi fut calmée l'anxiété de tous par cette ruse heureuse.

Bientôt cependant la barque touche au rivage du fort de *Ay-quan;* le général fait préparer un char d'or ainsi qu'un parasol d'argent, pour conduire la jeune fille au roi barbare de *Phiên*. Il ne sait pas que c'est la servante *Kim-liên* qui, pour sa vie, va devenir reine de ce pays barbare, tandis que *Nguyet-nga* s'est elle-même engloutie au fond des eaux......

Le flot immense a poussé *Nguyet-nga* au rivage; la lune est à demi cachée par la cime des arbres; la jeune fille est comme morte; son âme erre sur les bords de l'*Am-cung* (la demeure des morts); une forte rosée tombe pendant la nuit sur son corps étendu près de l'eau.

Elle est là froide et ignorée de tous. Mais le maître de l'*Am-cung* aperçoit cette créature sincère; il vient auprès d'elle, l'enlève et la dépose dans un jardin de fleurs. Il dit : « Ô jeune fille! ô *Nguyet-nga!* cherchez un lieu convenable pour y passer les mois et les jours; encore deux ou trois ans à partir de maintenant, et vous serez épouse : ce sera un jour de bien grande allégresse. »

Nguyet-nga aussitôt revient à elle : son âme consolée croit que ces paroles sont un rêve, il lui est encore impossible de discerner le vrai du faux.

Cependant elle cherche un abri pour son corps; seule elle gémit sans cesse; elle songe à ses chagrins; elle va ainsi abandonnée, ayant toujours autour du cou l'image de son futur mari.

Bientôt le ciel est éclairé par les premiers rayons de l'aurore, lorsque soudain elle rencontre le vieux *Buy*[1] qui se promenait dans le jardin. « Jeune fille, dit le vieillard, où demeurez-vous? quelle affaire vous a conduite dans ce jardin de fleurs? »

[1] Le père de *Buy-kim*.

« La tempête d'hier, répond *Nguyet-nga*, a fait périr ma barque, et c'est la cause qui m'a amenée en ce lieu; pendant la nuit obscure, il m'a été difficile de trouver un abri. Examinez, je vous prie, si ma bouche profère la vérité ou le mensonge. »

Le vieillard, à ces mots, regarde le visage de la jeune fille; rien en elle ne diffère de la beauté la plus accomplie. Il l'interroge sur tout ce qui lui est arrivé; la jeune fille expose sincèrement ce qui la concerne.

Le vieux *Buy* est rempli de joie; il rentre aussitôt chez lui, il donne à *Nguyet-nga* des vêtements pour se changer; il la traite comme sa fille.

« Moi aussi, s'écrie-t-il, j'ai un fils; il se nomme *Buy-kim*, il est encore à la capitale.

« Dans ma maison, jusqu'ici, je n'avais pas eu de fille; aussi ce jour peut-il compter parmi ceux où le ciel nous envoie le bonheur. »

Nguyet-nga demeure en ce lieu; elle y trouve le repos; chaque nuit elle réfléchit profondément aux divers événements de ce monde. Elle éprouve des craintes au sujet du pays de *Ô-qua;* elle redoute la colère du roi; elle craint que sa faute ne retombe injustement sur sa famille. Deux soucis surtout la préoccupent, son état de jeune fille et la beauté de son visage; qui sait si celui qui la protége et la nourrit n'a pas à son sujet de mauvaises intentions? Ces pensées sont pour *Nguyet-nga* la source d'une grande tristesse.

Or, peu de jours après, le jeune *Buy-kim* revient

à la maison. A partir du moment où il vit le visage de *Nguyet-nga*, chaque nuit se retournant sur sa couche, dans sa chambre, combien de veilles sans sommeil !

Ayant aperçu la jeune fille en adoration devant le portrait d'un homme, il puisa dans ce fait l'impudence de l'interroger.

« Pourquoi, lui demanda-t-il, cette image ressemble-t-elle à *Van-tiên*; ce que vous adorez depuis si longtemps aurait-il quelque chose de céleste? » — « Le devoir d'une jeune fille, répondit *Nguyet-nga*, est d'abord la chasteté, elle doit avant tout veiller sur elle-même. Pendant des centaines d'années cette pure doctrine sera la mienne; morte ou en vie, je n'aurai jamais qu'un seul époux. »

Kim répliqua : « Mademoiselle se trompe absolument; quel est le marchand qui demeure encore assis au marché quand il a déjà tout vendu [1]? Y a-t-il quelqu'un qui puisse échapper aux lois de la nature? On ne trouverait pas une seule personne sur soixante et dix, et toujours il en a été de même.

« La reine du printemps est assise au milieu du jardin; l'abeille passe, le papillon la suit; chacun se présente devant elle, qui peut savoir combien de fois? cependant, la reine du printemps se dépouille bientôt de sa belle verdure; alors la fleur se fane, son calice se dessèche et la forêt devient solitaire [2].

« Celui qui en ce monde place sa confiance en ses

[1] Votre mari est mort, pourquoi demeurer seule?

[2] L'abeille et le papillon ne viennent plus saluer le printemps.

richesses et sa fortune pourra bien après trois printemps voir tout se perdre, et que de difficultés pour acquérir de nouveau!

« Voudriez-vous imiter les bonzesses, sans cesse habitant leur pagode? Leur porte une fois fermée, elles sont vouées à la solitude pendant les quatre saisons de l'année.

« Librement balancé sur les eaux, le bateau [1] d'affection ne sait à laquelle des douze stations [2] il doit se reposer.

« Pourquoi, mademoiselle, ne réfléchissez-vous pas à toutes ces choses? Veuillez, de grâce, ne plus embrasser cette image qui, depuis si longtemps, vous cause du chagrin. »

Nguyet-nga répondit : « J'ai autrefois étudié les livres sacrés (*King*), j'y ai vu que la chasteté y est placée en tête des vertus d'une jeune fille.

« Suivons-nous donc les coutumes du pays de *Trinh*, où, parmi les jardins de mûrier, chacun va donner un libre cours à sa passion? »

« Et moi aussi, répliqua *Kim*, je connais les livres sacrés, et c'est pour cela que je demande pourquoi vous n'avez pas réfléchi que vous ne devez pas demeurer seule. Combien de temps *Ho-duong* demeura-t-elle veuve? belle encore, elle désira un époux élevé en dignités, mais elle désira également un homme du peuple; le matin, elle suivait *Doan-phu*, le soir, elle allait au-devant de *Tran-quan*. Au

[1] Jeune fille libre de son choix.
[2] Les âges de la vie.

temps de la dynastie des *Han*, la jeune *Lu-haû*, encore enfant, excita vivement la passion du roi *Cao-to*. Si nous consultons les livres, nous verrons qu'ils disent : Il est un temps pour jouir, mais ce temps passe pour ne plus se représenter.

« La femme qui reste sans époux n'ose plus changer de place; sa vie se passe à chuchoter et la mène ainsi au tombeau. Pourquoi, si nous ne nous désirons pas les uns les autres, pourquoi voudrons-nous avoir ces portraits, images décevantes, qui trompent les vœux de la beauté?

« Imiterez-vous *Nhu-y* quand elle peignit le portrait de *Van-quan?* »

Nguyet-nga sait que *Kim* n'est qu'un jeune insolent. Elle forme en secret le projet de fuir de cette maison.

Cependant le vieux *Buy* lui parle abondamment; il épuise les plus doux encouragements; il désire que la jeune fille forme un couple avec son propre fils. « Pourquoi êtes-vous donc si obstinée, lui dit-il; ne sommes-nous pas également bien élevés? N'avons-nous pas, dans le monde, une même position digne de respect? Puisque vous êtes parvenue jusqu'ici, formons cette union si convenable.

« La lune est sereine, le vent est doux. Charmant bateau, jetez ici l'ancre et demeurez-y. Rappelez-vous le vers : Le printemps passe, reviendra-t-il? Aujourd'hui éclôt la fleur, je crains que demain elle ne soit fanée. Agir de la sorte, n'est-ce pas nuire aux roses de votre beauté? Des nuits entières, la tête sur votre oreiller brodé d'un phénix, couverte de vos rideaux brodés, vous serez seule et refroidie. La jeune *Poug-phu* voulut autrefois attendre longtemps son époux; ses beaux sourcils tombèrent, sa beauté se fana. Hélas! hélas! ma fille, ne gémissez pas de la sorte; voilà qu'avec mon fils nous ferons une maison heureuse. »

Nguyet-nga simula la joie la plus vive. « Vous avez, répondit-elle, bien du mérite de m'avoir accueillie et nourrie pendant aussi longtemps. Comment donc oserai-je contredire vos paroles? Mais je vous en prie, encore un peu de temps, et cette union s'accomplira.

« Souffrez que je me renferme, pour honorer la mémoire de *Van-tiên*, pendant sept jours; je jeûnerai, afin d'accomplir les rites du sacrifice. »

Le père et le fils se réjouissent à ces paroles. Ils font, dans leur maison, les préparatifs nécessaires : ils ornent les appartements avec le plus grand luxe; partout des nattes brodées de fleurs, des oreillers en forme de livres, des tables chargées de mets, de vastes tapis, les plus belles choses de la Chine.

Cependant, quand eut sonné la troisième veille de la nuit, *Nguyet-nga* prit son pinceau. Elle traça quelques vers et les colla sur la muraille de sa chambre. Alors, prenant avec elle sa chère image, elle profita de l'occasion et sortit. . . . .

La route est bordée de broussailles épaisses, la nuit est noire, les chemins sont déserts; la jeune fille regarde la lune à demi cachée. Ignorante des routes, elle ne sait où diriger ses pas; un vol brillant de mouches luisantes s'élève devant elle; confiante, elle le suit. Elle traverse les sentiers des forêts, puis gravit les collines. Bientôt se fait entendre le chant de la cigale; le grillon, au cri perçant, se plaint et gémit.

La route est pénible, pleine d'aspérités; la terre est couverte de cailloux. Déjà s'est levée l'aurore, déjà resplendit le soleil: *Nguyet-nga* marche encore longtemps. Enfin elle rencontre un lieu aux larges pierres plates; elle s'y assied pour reposer ses pieds.

. . . .

L'homme sincère est, en ce monde, protégé du ciel et du dieu *Phat*[1]. Une vieille femme passait, au même instant, dans la forêt; elle allait courbée sur son bâton. « Ma fille, lui dit-elle, tu dois être *Nguyet-nga;* il faut que tu t'efforces de me suivre jusqu'à ma maison. Étant couchée pendant la nuit, j'ai vu une déesse de *Phat*[2]; c'est elle qui m'a instruite, elle m'a dit: « Vieille, rends-toi en ce lieu. »

Nguyet-nga crut à moitié à ces paroles, elle en douta à moitié. Résolue à s'exposer à la mort, elle suivit, les yeux fermés, la vieille jusqu'à sa demeure.

Entrant dans la maison, elle n'y vit que des femmes toutes occupées à tisser des étoffes de coton ou de soie. Alors, heureuse dans son cœur, elle se fixa en ce lieu, et, à partir de ce moment, elle ne voulut plus changer de demeure. Ayant questionné,

[1] Bouddha.

[2] Une femme bouddha.

elle sut que ce pays se nommait *Ô-shao;* elle demanda aussi à combien de *li* du fort de *Ay-quan* il était situé......

Passons maintenant à notre héros.

Nous avons laissé *Van-tiên* dans la pagode.

Vers le milieu de la nuit, pendant qu'il était couché, le dieu *Phat* lui apparut; il lui offrit une coupe contenant un remède qui sur-le-champ rendit la lumière à ses yeux.

Si l'on compte le temps pendant lequel il fut de la sorte malade et éloigné de son pays, on comptera six ans. L'âge de son père avait alors atteint la cinquante-cinquième année.

Van-tiên, ému en son cœur, songeait au retour, et ses larmes coulaient en silence.

Il partit cependant pour retourner dans son pays; son ami *Ân-minh* l'accompagna pendant quatre ou cinq *li.*

« Frère, lui dit *Van-tiên*, je vais dans ma patrie; j'espère que notre affection commune nous fera de nouveau rencontrer à l'examen. » — « Pour moi, répondit *Minh*, je n'ai aucune chance : ayant déjà subi une condamnation à l'exil, j'ai pu m'enfuir; mais où oserai-je désormais montrer mon visage? C'est pourquoi je me suis résigné au jeûne et à la longue robe dans cette pagode. »

« Que ne puis-je, dit *Tiên*, m'élever dans les nuages[1] ! combien alors ne ferais-je pas d'efforts pour que nous soyons réunis de nouveau, nous qui, pendant tant

[1] Devenir un haut mandarin.

d'années, avons eu pour nourriture quelques plantes et le riz le plus grossier! Quand tu es abandonné et malheureux, pourrais-je t'oublier si je parviens aux honneurs et aux richesses? Une époque est mauvaise; elle peut être suivie d'une époque meilleure: on doit donc sans cesse exhorter l'homme à suivre la doctrine, afin de s'affermir dans la gratitude et la fidélité. »

Ân-minh demeura dans la pagode, et *Van-tiên,* au bout d'un mois, fut de retour chez lui.....

Le vieux *Luc,* son père, versa d'abondantes larmes; qui pouvait penser que ce fils vivait encore en ce monde et qu'il verrait son père?

Dans le village et dans ses alentours, les parents de près ou de loin accourent en foule pour le voir et s'enquérir de ses nouvelles : la maison fut trop étroite pour eux.

« Pendant combien d'années, ô mon fils, s'écriait le vieux *Luc,* as-tu porté avec toi les plus cruelles maladies, mangeant ou couchant n'importe où? »

« Il serait impossible, répondit *Van-tiên,* de compter le nombre de mes calamités; mais dites-moi, je vous prie, où est la tombe de ma mère; indiquez-moi en quel lieu elle repose en paix, afin que je prépare tout pour accomplir les rites funèbres, que je lise les prières des sacrifices et que j'offre des mets en brûlant des parfums.

« Le fleuve immense possède aujourd'hui l'âme de ma mère, et moi, son jeune fils, je dois donner les marques d'un cœur pieux et dévoué à ses parents.

Mes pensées se reportent sur cette source d'eau vive qui fait croître les arbres [1]; je pense aux mérites infinis, à l'affection immense capable de remplir neuf fleurs; hélas! je pense à ma mère couchée dans sa vieillesse, et je la pleure. Mais, avec mes vingt-quatre ans, peut-on comparer ma piété filiale à celle des hommes d'autrefois! » *Van-tiên*, à ces mots, versa des larmes semblables à la pluie, et, ayant accompli la cérémonie du sacrifice, il demanda ce qui s'était passé chez lui avant son arrivée.

Son père lui dit : « *Nguyet-nga* nous a apporté de l'or et de l'argent; elle nous a secourus avec bonté; la protection de cette jeune fille a été généreuse et délicate; nous n'avions plus rien, nous étions pauvres et nécessiteux; tout dans notre maison était devenu misérable. » *Van-tiên* soupira en entendant ces paroles; ému en son cœur, il réfléchit un instant, puis il demanda : « Où demeure cette jeune fille? Votre fils peut-il aller la saluer et lui prouver sa profonde gratitude? » Le vieux *Luc* savait ce qui s'était passé à la cour, il le raconte sincèrement et complétement à *Van-tiên;* il l'informe que *Kiêu-cong* [2] demeure actuellement dans la province de *Tay-xuyên*, qu'il a été, à cause de sa fille, destitué de ses dignités. » *Van-tiên* dit : « Combien je plains *Nguyet-nga!* je vous prie de me laisser aller visiter son père. »

Tay-xuyên est à mille *li* en ligne directe; aussitôt

[1] Le père et la mère donnent la vie à leur fils comme l'eau la donne à l'arbre.

[2] Père de *Nguyet-nga*.

que *Van-tiên* parut en présence du vieux *Kiêu-cong*, celui-ci se mit à pleurer. « *Nguyet-nga*, dit-il, est encore chez les barbares, chez le prince *Tay-phiên;* qui peut savoir si jamais elle s'unira à vous? Voilà six ans que vous êtes séparés, chacun dans une région différente. Combien de temps s'écoulera encore avant que puisse s'accomplir en paix la cérémonie du bétel [1]. Mes entrailles s'émeuvent à votre vue; ma douleur augmente. Ciel et terre! comment tolérez-vous pareille chose, pourquoi nous abandonnez-vous de la sorte? Hélas! j'ai si peu joui de mon unique fille, moi qui désirais des petits-fils comme la plante désire des rejetons. » Ainsi parla le vieillard, et ses pleurs lui coupèrent la voix; son cœur était brisé. « Tout cela, ajouta-t-il, est le résultat d'une odieuse vengeance. Mais toi, mon fils, maintenant demeure en ce lieu; tous les jours je te verrai, cher enfant, et ta vue calmera la douleur du vieillard. »

Van-tiên, à dater de ce jour, se fixa dans cette maison; son temps était employé à l'étude des *King;* il se préparait pour de nouveaux examens; il avait appris que dans un an s'ouvriraient les concours.

Le temps venu, *Van-tiên* salua le vieux *Kiêu-cong;* il lui demanda la permission d'aller concourir. Il retourna d'abord chez ses parents afin de leur rendre visite. . . . .

La capitale est éloignée à des milliers de *li*. . . . .

Van-tiên sortit triomphant du concours; il réflé-

[1] Les fiançailles, qui consistent à mâcher ensemble du bétel.

chit et considéra que cette année était celle appelée *Nham-ti* [1]; il se rappela alors la vraie parole de son maître qui si bien lui avait prédit la vérité. Du côté du nord, il venait en effet de faire la rencontre d'un rat qui lui apportait la réputation [2].

Van-tiên se rendit à la cour; il se prosterna devant le souverain; par ordre royal il lui fut donné un habit et un chapeau d'honneur pour s'en retourner chez lui.

Cependant arriva la nouvelle d'une guerre dans le pays de *Ô-qua;* trois ou quatre mille barbares investissaient le fort de *Quan-ay.*

Le roi *Sho-vuong*, assis sur son trône d'or, s'exprima de la sorte :

« Toi, sujet [3], déjà revêtu du titre de docteur, va et apaise complétement cette révolte. » *Van-tiên*, chef des lettrés, s'agenouille aussitôt devant le trône royal; il supplie que l'on veuille bien lui adjoindre un véritable héros pour conduire l'armée. « Il est un homme, dit-il, qui se nomme *Ân-minh*, dont l'intelligence égale la bravoure et l'extrême valeur; jadis il fut condamné à l'exil. Maintenant il demeure caché dans une pagode où il s'est réfugié. »

Le roi *Sho-vuong* donna aussitôt des ordres au milieu de sa cour; il ordonna de pardonner à *Ân-minh*, lui fit dire de revenir pour recevoir un diplôme de commandant en sous-ordre.

[1] Année du rat.
[2] La rencontre d'un rat doit s'entendre de l'année du rat.
[3] *Van-tiên.*

Van-tiên fut dès lors rempli de joie..........

....

Aux premiers coups de canon qui ébranlèrent le ciel, l'un des deux chefs se plaça en tête pour conduire l'armée; l'autre resta en arrière afin de l'exciter à combattre.

Gravissant de la sorte les montagnes éloignées, ils enlevèrent le drapeau de la cavalerie ennemie; ils saccagèrent la citadelle d'*Ô-qua*.

Chacun, en cette affaire, se conduisit en homme qui sait ce qu'il doit à son pays. Fièrement plantés en selle, ces deux chefs se dévoilèrent véritables héros. Bientôt l'avant-garde parvint à la citadelle de *Quan; Ô-qua* la vit, et ses soldats s'enfuirent saisis de frayeur.

Les chefs de l'armée barbare du royaume de *Phiên* étaient deux valeureux jeunes gens : l'un se nommait *Hoa-ho*, l'autre avait nom *Than-oaï*. On leur adjoignit le guerrier *Coc-dot*, homme de grand savoir ; sa face était celle d'un tigre, sa chevelure était rouge, son aspect sévère et effrayant.

Ân-minh, faisant ses efforts pour combattre au premier rang, engagea l'action avec *Hoa-ho* et *Than-oaï* en même temps. D'un seul coup de massue, les deux jeunes gens, gravement blessés, tombèrent sans vie sur le sol.

Le général *Coc-dot* s'avance alors enflammé de colère; dans chacune de ses mains est une hache à marteau; il dirige ses coups sur *Ân-minh;* celui-ci fit tous ses efforts pour ne pas trembler; mais voyant *Coc-dot* lui jeter un sort, saisi de frayeur, il recula.

Van-tiên, coiffé d'un casque d'or, saisit alors dans sa main sa lance d'argent, et s'affermissant sur la selle de son cheval noir, seul il s'avance au combat, seul il entre en lice. Le mauvais esprit l'aperçoit : il s'enfuit épouvanté[1]; la force de conjuration de *Coc-dot* est réduite à néant. Mais, bouillonnant de colère, il s'avance contre *Van-tiên;* notre héros s'avance aussi pour combattre, et ces deux hommes luttèrent jusqu'au soir.

Cependant *Coc-dot* s'aperçoit qu'il ne peut résister, il prend la fuite ; *Van-tiên* alors excite son cheval, il le poursuit avec rapidité ; sept collines sont de la sorte franchies dans cette course.

Plaignons *Coc-dot*, car en vérité le sort l'abandonne au malheur.

Les combattants coururent ensemble jusqu'à la montagne *Ô-sao;* mais, ô malheur ! le cheval de *Coc-dot* vient à s'abattre ; *Van-tiên* saisit alors son adversaire ; il lui coupe la gorge. Il suspend la tête de son ennemi au cou de son cheval et se dispose à revenir sur ses pas.

Hélas ! la forêt profonde s'offre de tous côtés à sa vue ; le ciel est devenu sombre et obscur ; *Van-tiên* ignore à quelle distance il se trouve. Il se plaint en lui-même ; seul au milieu de la forêt, il ne sait absolument quelle route il doit prendre. Errant, il fait le tour de la montagne *Ô-sao*. Plongé dans l'obscu-

[1] L'esprit qui faisait la force de *Coc-dot*, lequel était sorcier.

rité de la nuit, il se concerte sur le parti qu'il doit prendre. . . . .

Passons maintenant à *Nguyet-nga*.

Depuis plus de trois ans elle demeurait en ce lieu[1]. Lorsque la nuit était faite, d'ordinaire elle allumait sa lampe et s'asseyait; elle ne savait en son cœur comment exprimer sa tristesse profonde.

Cependant la déesse *Quan-ân*[2] lui apprit par un songe la fin de ses infortunes et la venue des jours heureux.

Déjà soumise à son mauvais destin[3], déjà prête à descendre dans la tombe afin de rencontrer son amant sur les grandes eaux jaunes, *Nguyet-nga* n'avait pas épuisé toutes les tristesses.

Il arriva qu'elle entendit les grelots d'un cheval qui se dirigeait vers la maison.

Une voix s'écria : « Qui demeure en ce lieu? Montrez-moi la route pour retourner à *Quan-ay*. »

Nguyet-nga, saisie de frayeur, resta assise en silence.

Mais *Van-tiên*, descendant de son cheval, le prit par la bride et pénétra dans la maison.

La vieille maîtresse, effrayée, demanda : « Quel est donc cet homme au visage inconnu, qui de la sorte entre chez moi au milieu de la nuit? »

« Nous sommes, répondit *Van-tiên*, grand maître

[1] La montagne de *Ô-sao*.

[2] La grande déesse *Quan-yn* des Chinois, qu'ils appellent aussi la *sainte Mère*.

[3] Avoir son anneau d'or brisé et décoloré.

des lettrés du royaume; c'est en portant la guerre dans le pays de *Ô-qua* que nous nous sommes trompé de route. »

La vieille, à ces mots, fut saisie de la crainte la plus respectueuse; en toute hâte elle offrit le bétel, elle prépara du thé.

Van-tiên, s'étant assis, se mit à considérer *Nguyet-nga ;* auprès d'elle il vit un portrait, et le doute aussitôt s'éleva dans son cœur. Il dit : « De qui est ce portrait? » Il loua beaucoup l'habileté du peintre, mais il ne s'aperçut pas encore clairement que c'était là son image et sa ressemblance.

« Vieille dame, vous devez me dire le nom et le prénom du modèle. »

La vieille n'ose pas proférer le mensonge. « Ce portrait, dit-elle, est véritablement celui du mari de la jeune fille que vous voyez assise ici. »

« Mademoiselle, dit alors *Van-tiên*, veuillez alors m'apporter ce portrait; apprenez-moi ses noms et ses prénoms; je vous écoute. »

Nguyet-nga n'éprouve aucun doute dans ses intentions; ce visage qu'elle a devant elle est bien la ressemblance du portrait; cependant elle craint encore d'avoir affaire à un étranger.

Elle s'assied, se couvre la figure de sa manche et rougit.

Van-tiên, voyant cela, sourit un instant. « Mademoiselle, dit-il, pourquoi ne parlez-vous pas quand je vous interroge, pourquoi vous cachez-vous ainsi? »

Nguyet-nga, toute tremblante, salua et répondit :

« La personne qui est sur ce portrait se nomme *Van-tiên;* c'est un jeune homme déjà retourné dans le vaste *am-phu*[1]; la jeune fille l'aime et chérit sa mémoire; c'est pour cela que jusqu'en ce lieu elle a fui les séducteurs. »

Van-tiên entend ces paroles; il demande aussitôt : « Tel est le nom de l'époux; mais quel est celui de l'épouse? »

Nguyet-nga n'hésite point, elle dit franchement son nom.

Van-tiên sur-le-champ s'agenouille devant elle; il croise ses bras sur sa poitrine[2]. « Permettez-moi, je vous prie, trois prosternations, et je vous expliquerai la source de toutes choses. (Je vous dirai tout.)

« Je respecte le serment; il est sacré comme la grande mer, les hautes montagnes.

« Vous fûtes d'abord[3] liée par la reconnaissance, accomplissez-en aujourd'hui le devoir.

« Je suis véritablement *Van-tiên;* nous nous réunissons aujourd'hui, notre cœur a ce qu'il désire, notre bonheur est complet. »

Nguyet-nga craint de se tromper, elle sait à peine où elle est. Croyant à moitié, elle dit : « Ami! » doutant à moitié, elle demande : « Qui êtes-vous? Êtes-vous véritablement *Van-tiên?* si vous l'êtes, redites le vœu qu'autrefois nous prononçâmes ensemble. »

[1] Demeure des âmes.

[2] Grande marque de respect.

[3] Lorsque *Van-tiên* la rencontra pour la première fois et la délivra des brigands.

Van-tiên répéta l'ancien vœu; aussitôt la jeune fille fondit en larmes semblables aux grandes pluies; plus elle pensait à ce bienfait de l'amour, plus elle était heureuse.

Tout à leur conversation, ils causèrent ensemble jusqu'aux premières lueurs du jour.

Bientôt on entendit des soldats crier tumultueusement; en tous lieux dans la forêt, dans les fourrés des alentours, se faisaient entendre leurs cris.

Van-tiên monte à cheval; il se dirige au-devant d'eux; il aperçoit un drapeau dont les caractères expriment le nom de *Ân-minh*. C'était en effet *Ân-minh* qui arrivait avec son armée.

Les deux frères, remplis de joie, s'en donnèrent les marques les plus évidentes.

« Où est ma sœur aînée, s'écria *Minh*, où demeure-t-elle ? Permets à ton jeune frère d'aller visiter sa belle-sœur, de s'informer de son état. »

Van-tiên introduisit alors son ami dans la maison.

Nguyet-nga se leva; sa bouche souhaita la bienvenue, elle s'exprima avec élégance.

« Je croyais, ma sœur, lui dit *Minh*, que vous étiez auprès du barbare *Phiên;* mon intention était, dans ce cas, de conduire ma cavalerie jusqu'au pays de *Ô-qua;* mais voilà que nous nous trouvons tous réunis en ce lieu; la guerre est donc terminée, il nous faut penser au retour. . . . .

Van-tiên dit : « Mademoiselle, pourquoi êtes-vous de la sorte pensive ? »

Ô mon frère ! répond *Nguyet-nga*, comment pourrai-je revenir dans ma patrie, reparaître à la cour du roi? ne faut-il pas pour cela que je me confie à la clémence souveraine? Qu'un édit royal pardonne à ma faute passée, et aussitôt je reviendrai........

Van-tiên remercia vivement la vieille femme; il lui recommanda de veiller avec soin sur la jeune fille pendant quelques jours.

« Nous nous en retournons, ajouta-t-il, et prenons avec nous ce portrait. Nous nous adresserons au roi lui-même, le suppliant de pardonner, et nous enverrons des lettres pour rappeler la jeune fille. »

Tiên et *Minh* montèrent à cheval, ils reconduisirent l'armée jusqu'à la capitale. Le roi *Sho-vuong* apprit que le grand lettré était de retour; il envoya des gens de sa garde pour aller au-devant de lui et l'introduire auprès de son trône.

Le roi *Sho-vuong* descendit les degrés du trône; il chaussa des sandales d'or; sa main royale offrit elle-même une coupe de vin pour récompenser la valeur de son général grand lettré.

« Nous redoutions, dit Sa Majesté, le royaume barbare de *Phiên,* nous savions qu'il y avait un homme nommé *Coc-dot,* dont la puissance était extraordinaire. Mais aujourd'hui *Coc-dot* est entièrement retranché du monde. En vérité le ciel a suscité un grand général pour venir en aide à notre royaume. Si nous avions eu auparavant un chef aussi remarquable, nous ne nous serions pas vu dans la nécessité d'envoyer en tribut la jeune *Nguyet-nga.* »

Le roi ordonna alors de préparer un splendide

festin, afin de fêter la fin de la guerre avec le pays de *Ô-qua*.

Cependant *Van-tiên* s'agenouille devant le souverain; il lui expose clairement et en entier tout ce qui est arrivé à *Nguyet-nga*.

Le roi *Sho-vuong*, entendant ces paroles, se prend à réfléchir. «Nous pensions, dit Sa Majesté, que cette jeune fille était encore auprès du barbare *Phiên;* nous ne savions pas qu'elle fût promise à notre grand lettré, qu'ensemble auparavant vous eussiez invoqué le ciel.»

Le grand censeur du royaume, se plaçant alors devant le trône royal, exposa ce qui suit : «La guerre avec le pays de *Ô-qua* a été d'aussi longue durée à cause d'une supercherie qui a excité la vengeance (du roi *Phiên*). La jeune *Nguyet-nga* est donc coupable d'avoir échappé aux soldats qui la conduisaient.»

Le grand lettré (*Tiên*) s'agenouille aussitôt devant le trône. Il demande pourquoi, dans le principe, (le grand censeur) a tenté de séduire la jeune fille; il présente en même temps le portrait de *Nguyet-nga* en l'élevant au-dessus de sa tête.

Le roi *Sho-vuong* voit le portrait; il dit : «La chasteté de *Nguyet-nga* est comparable à celle des femmes des temps anciens.» Puis, s'adressant au grand censeur : «Il y a des hommes en ce monde, ajouta le roi, qui ne savent réellement pas réfléchir. Te manque-t-il donc des jeunes filles pour désirer encore celle-là?

« Bien que la lumière du soleil et de la lune soit claire et éclatante, il suffit cependant d'un vase pour la cacher à notre vue[1]; qui peut en ce monde oser changer le cours du destin ! C'est pour avoir prêté l'oreille aux paroles du grand censeur que nous avons agi de la sorte. Ne pouvant obtenir la jeune fille, le coupable a ajouté à sa faute une vengeance injuste. »

« Que mon pays, ajouta *Van-tiên*, mette aussi au nombre des coupables le nommé *Âm*. Il a ourdi l'année dernière un plan secret pour me perdre, mais nous connaissons aujourd'hui toute la vérité sur ce sujet infidèle. Je me confie en la profonde sagesse de mon souverain; je supplie Sa Majesté de réfléchir sur cela. »

Le roi *Sho-vuong*, enflammé de colère, parla de la sorte au milieu de sa cour :

« Que voulez-vous faire du grand censeur? quel châtiment demandez-vous pour lui?

« Toi, grand censeur, tu es semblable à *Dong-trach*[2] aux ruses profondes, à ce traître qui éleva chez lui *Lu-bo*, afin d'usurper la puissance des *Han;* ou bien à *Nguon-tai* qui, jeune encore, appela chez lui le médecin *Trien-ngan*, pour anéantir la famille des *Dang;* ou bien enfin à *An-thach*, habitué à l'injustice, qui nourrit chez lui *Tan-côi*, dans le but de nuire à la dynastie des *Tong*[3].

[1] Un juge, malgré son instruction profonde, se trompe dans les causes qu'il ignore.

[2] Grand censeur qui fut déclaré traître.

[3] Dynastie chinoise des *Song;* tous ces exemples sont tirés de l'histoire de la Chine.

« Des temps anciens nous connaissons les sujets infidèles; nous savons que notre grand censeur ne diffère nullement de ces hommes pervers; nous savons qu'en son cœur il désire ardemment la perte de notre trône : au dehors paraissant un fidèle sujet, il ne cherche en lui-même que mensonge et destruction.

« Assez! assez! cependant, car nous savons aussi généreusement pardonner.

« Si d'abord nous nous sommes trompé, c'est que nous avons été induit en erreur; mais aujourd'hui nous connaissons clairement toute la grandeur des injustices.

« Nous destituons et dégradons le grand censeur : il redeviendra homme du peuple.

« *Âm* n'est qu'un cruel misérable; nous l'abandonnons à notre grand lettré : c'est lui qui décidera de son supplice.

« *Nguyet-nga* s'étant montrée d'une chasteté accomplie, nous lui accordons un rescrit royal qui prouve et honore la noblesse de cette jeune fille.

« *Kiêu-cong*, son père, a autrefois été déclaré injustement coupable; nous le réintégrons dans ses charges et dignités, et le nommons gouverneur de la province de *Dong-thanh*.

« Quant à notre grand lettré ici présent, qui a mis fin à la guerre, nous lui donnons un palanquin d'or et un parasol d'argent, afin que glorieusement il s'en retourne dans sa famille. Sur ce, nous avons dit; que chacun d'ici se retire. »

Van-tiên invite alors tous les mandarins à prendre place dans la salle du banquet. Là se trouvaient ses amis, *Vuong-tu-truc*, *Ân-minh* et *Kim-buy*. Tous ensemble, se livrant au plaisir et au rire, joyeusement buvaient du vin [1]. « Je demande, dit le grand lettré, la permission de dire un mot; que chacun de vous ici soit juge de la faute du coupable *Âm*. »

Aussitôt les sentinelles l'introduisent dans la salle; les yeux fixés sur les convives, le coupable salue de la bouche, il salue en disant : « Frères! » — « Qui t'a permis, s'écrie *Ân-minh*, de prononcer ici le mot de *frère*, toi qui n'as jamais été qu'un misérable! Qu'on le conduise au dehors et que sur-le-champ il soit exécuté. Ne laissez pas plus longtemps en notre présence ce qui nous irrite la vue et nous transporte de colère. »

« Frère, dit *Truc*, ton emportement te fait déraisonner; vit-on jamais employer un sabre d'or pour tuer une mouche? Jusqu'à ce jour, bien qu'on ait permis de vivre aux malheureux privés de conscience, il n'en est rien résulté de plus mal. »

Le coupable *Âm* dit : « Je m'appuie sur la décision de mon ami *Truc*; dans ma très-grande sottise et ignorance, je supplie que pour cette fois il me soit pardonné. »

Van-tiên prend alors la parole : « Quand on a mérité, dit-il, le titre de héros, comment et dans quel but pourrait-on désirer la mort d'un misérable? As-

[1] Vin de riz.

sez ! assez! car nous aussi nous savons être généreux. » Sur ce, il ordonne aux soldats de relâcher le coupable.

Âm, en se voyant en liberté, se livra aussitôt à la joie. Immédiatement il s'agenouilla devant l'assemblée, la salua et sortit.

Cependant *Buy-kim*, le grand libertin[1], était assis en silence ; il rougissait de ses nombreuses débauches. . . . .

Ân-minh et *Tu-truc* se présentèrent au pied du trône; ils demandèrent au roi la permission de conduire le grand lettré, de l'assister dans toute sa gloire.

Van-tiên expédia une suite nombreuse de chars, ainsi que des soldats et des gardes, pour aller au-devant de la jeune *Nguyet-nga;* il fit aussi remettre de l'or et de l'argent à la vieille qui l'avait soignée, en récompense de sa bonne action.

La jeune fille fut, avec son escorte, directement conduite jusqu'à *Dong-thanh;* elle était portée dans un hamac de soie rouge aux ornements d'argent; on voyait au-dessus d'elle un large parasol vert.

Van-tiên, *Tu-truc* et *Ân-minh* se mirent en route de leur côté.

Quant au coupable *Âm*, il se dirigea vers la province de *Han-giang;* mais, en traversant le fleuve *Than*, les flots engloutirent sa barque, et il fut dévoré par les poissons.

Vraiment le ciel, par cette juste punition, voulut ainsi lui faire expier ses crimes.

[1] Sang de chèvre.

On peut voir, par cet exemple, combien il importe de veiller sur ses actions; nous oserons à ce sujet demander à chacun s'il n'est pas juste de dire : « Veuillez ne pas violer l'humanité. » . . . .

Le jeune serviteur, que nous avons auparavant laissé veillant sur le tombeau de son maître, avait vu de la sorte s'écouler en jours et en mois environ l'espace de trois ans. Il était depuis cette époque contraint de mendier; il prit la résolution d'emporter avec lui les os de son maître pour retourner dans son pays.

Avec une poignante tristesse il emportait ces restes sacrés; il gémissait et se lamentait encore lorsqu'il parvint jusqu'au grand arbre.

Or il arriva que *Van-tiên* de son côté y arrivait à l'instant même. Le grand lettré ordonna aux soldats d'ériger aussitôt un autel pour y accomplir les rites du sacrifice [1].

« Le petit serviteur qui me suivait autrefois, dit *Van-tiên*, ici même souffrit la mort des mains de *Âm.* »

Le grand lettré se met alors à lire les prières des morts; les pensées que cela lui rappelle émeuvent son cœur, deux ruisseaux formant une pluie de larmes coulent abondamment de ses yeux.

Heureusement le ciel est aussi un ouvrier habile.

Soudain accourt le jeune serviteur; il se place à côté de *Van-tiên;* il voit la tablette funèbre, il y lit

[1] *Van-tiên* supposait que son petit domestique avait perdu la vie au pied de cet arbre.

ses propres noms ; ému de gratitude profonde, aussitôt il fond en larmes. *Van-tiên* se retourne et l'aperçoit; il le considère avec attention. Croyant à demi, il le nomme « Petit serviteur; » doutant à demi, il s'écrie : « Spectre! »

Le jeune homme essuie ses larmes, il vient au-devant du grand lettré, debout il se place en face de lui, afin qu'il le reconnaisse facilement.

Il dit : « Aujourd'hui le serviteur a retrouvé son maître. C'est la gloire qui sert de portique[1] en ce lieu de rencontre. » . . . .

Le grand lettré se couche dans son hamac, il se remet en route. Ce jour-là même il se fit conduire à *Han-giang*.

Depuis longtemps *Vo-cong* était descendu sur les bords du grand fleuve[2].

La jeune *Phi-lan* et sa mère étaient plongées dans la tristesse la plus profonde. Le bruit leur parvint que *Van-tiên* était encore en vie, qu'il avait acquis une haute réputation.

« Avec nous, disaient-elles, il voulait autrefois lier affection[3]; allons au-devant de ce jeune homme, puisqu'il revient entouré de gloire. » — « J'ai bien mal agi, dit *Phi-lan;* je crains qu'il ne se rappelle encore l'époque de la caverne. » — « Ma fille, répliqua la mère, ton visage est de rose, tu as de la beauté; si mère et fille vont au-devant du jeune

[1] Sous les auspices de la gloire de *Van-tiên*.

[2] Mort.

[3] Contracter mariage.

homme, il faudra bien qu'il les agrée. Bien qu'il soit encore irrité sur le passé, ne pourrons-nous pas mettre la faute entière sur le compte de *Vo-cong?* »

Ayant pris avec sa mère une pareille décision, la jeune *Phi-lan* prit son miroir, se lissa la chevelure, et mit du rouge pour se rendre au-devant de *Van-tiên*. . . . .

Passons maintenant à notre grand lettré.

Arrivé à *Han-giang*, il laissa reposer son escorte, puis il fit apporter chez le pêcheur et le bûcheron de l'or et de l'argent, des vêtements et des choses précieuses.

Le bûcheron et le pêcheur peuvent désormais répandre en tous lieux la renommée de *Van-tiên*. Les services d'autrefois sont reconnus aujourd'hui par des centaines de chars encombrés de cadeaux.

Le grand lettré, ayant ainsi payé sa dette à la reconnaissance, aperçut auprès de son escorte *Quinh-trang* (la mère de *Phi-lan*) en grande parure.

« C'est pour lui rappeler, dit-elle, le mariage autrefois projeté, que la mère et la fille sont venues au-devant du grand lettré, afin de le féliciter et de lui offrir des cadeaux. *Vo-cong* (mon mari) est déjà mort; nous vous prions de prendre en pitié le sort de cette charmante fille. »

« Si l'on prend une coupe pleine d'eau, répliqua *Van-tiên*, et qu'on la verse entièrement à terre, pourra-t-on de nouveau recueillir l'eau qu'elle contenait?

« L'injustice que j'ai éprouvée autrefois en ce lieu

est une dette aujourd'hui payée; que manque-t-il encore pour que vous veniez de la sorte réclamer? »

Ân-minh et *Tu-truc*, voyant cela, dirent en se moquant : « La fleur est habile à distiller son suc pour provoquer l'abeille : on sait ici louer et flatter, on ne sait pas rougir. »

« Ah! ah! firent-ils en riant, *Van-tiên*, pourquoi ne leur permets-tu pas de te suivre? tu pourrais au retour en faire des servantes; en route elles porteraient la chaussure de ta femme. »

La mère et la fille s'arrêtèrent en rougissant; leur honte était extrême. S'agenouillant aussitôt, elles demandèrent la permission de se retirer. En revenant chez elles et n'étant pas encore parvenues jusqu'à leur demeure, elles virent deux tigres courant leur barrer la route. Ces animaux saisirent au même instant la mère et la fille et les emportèrent jusqu'à la caverne de *Thuong-tong*[1]. Sombre et entourée de roches, cette caverne était absolument fermée.

La mère et la fille pleuraient et se lamentaient; elles espéraient difficilement de pouvoir revenir chez elles.

Ainsi le ciel les punissait sévèrement, mais avec justice.

Combien donc était à plaindre celle qui si longtemps s'était uniquement appuyée sur ses charmes! Cependant elle se demande encore : « Qui sera l'épouse de *Van-tiên?* »

[1] Caverne où avait été mis *Van-tiên*.

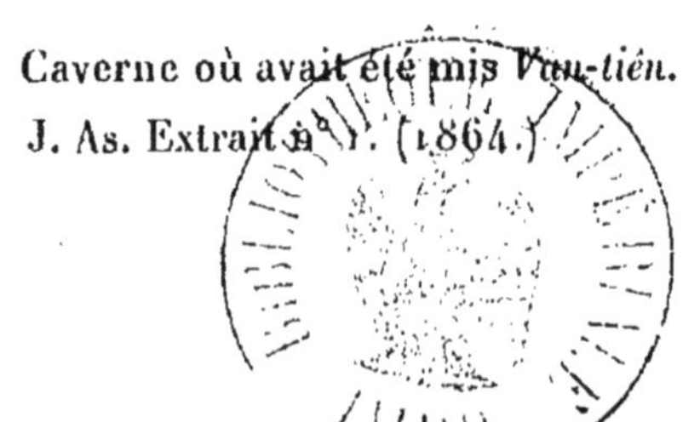

Le temps du malheur est venu, complétement elles l'éprouvent ensemble.

Jamais, jamais n'imitez l'exemple de cette mère et de cette fille. Mortes depuis longtemps, partout en ce monde s'est répandue leur mauvaise renommée.

. . . .

Or le grand lettré arriva à *Dong-thanh*; le vieux *Luc*, son père, avait déjà tout ordonné dans le village. Les six cadeaux[1] (plats de noce) étaient prêts, toutes les dispositions étaient prises.

Tous les mandarins se réunirent pour le mariage de la jeune *Nguyet-nga*.

Les grands parents convinrent ensemble ; le bonheur et l'allégresse firent de deux familles une maison illustre. Éternellement dura l'affection des époux ; qui pourrait en compter le terme ?

Ils mirent au monde des enfants qui marchèrent constamment sur leurs traces.

[1] Bananes, oranges, mandarines, vin, bétel, cochon.

FIN.

www.ingramcontent.com/pod-product-compliance
Ingram Content Group UK Ltd.
Pitfield, Milton Keynes, MK11 3LW, UK
UKHW021229230726
13926UKWH00003B/1323

9 782014 049718